AF210725

Monique

Zwischen Gestern
und Vergessen

Der Autor schildert in diesem Buch den stetigen
Verfall seiner an Alzheimer Demenz erkrankten Ehefrau mit der er mehr als 40 Jahre verheiratet war.

Während der Schilderung des Krankheitsverlaufs
erinnert er sich an die schönen und auch traurigen
Momente die er während der langen Zweisamkeit mit
seiner geliebten Frau und den gemeinsamen Kindern
erlebt hat.

Ein Buch über das Leben und die Liebe trotz
Krankheit und Schmerz

Herbert J. Lorenz

Taschenbucherstausgabe 02/2024

Bibliografische Information der Deutschen Nationalbibliothek: Die Deutsche Nationalbibliothek verzeichnet diese Publikation in der Deutschen Nationalbibliografie; detaillierte bibliografische Daten sind im Internet über dnb.dnb.de abrufbar.

Die automatisierte Analyse des Werkes, um daraus Informationen insbesondere über Muster, Trends und Korrelationen gemäß §44b UrhG („Text und Data Mining") zu gewinnen, ist untersagt.

© 2024 Herbert J. Lorenz

Verlag: BoD · Books on Demand GmbH,
In de Tarpen 42, 22848 Norderstedt, bod@bod.de
Druck: Libri Plureos GmbH, Friedensallee 273, 22763 Hamburg
ISBN: 978-3-7693-2440-2

Monique

Zwischen Gestern
und Vergessen

Für Monika (Moni),
unsere vier wunderbaren Töchter
und alle die
Monika begleitet haben

Inhaltsverzeichnis

Vorwort:

Die Schreckgespenster „DEMENZ" und „ALZHEIMER" beschäftigen zunehmend immer mehr Menschen im mittleren und höheren Alter. Aber auch ganz junge Menschen können von dieser schweren Krankheit befallen werden. Ja, ganz bewusst nenne ich es „befallen", denn wer einmal daran erkrankt ist, hat leider keine wirkliche Chance auf Heilung. Es gibt zwar vielfältige Mittel, um den Krankheitsverlauf hinauszuziehen, aber der Verlauf endet leider meist tragisch und letztlich tödlich.

Braucht es da ein weiteres Buch über den Verlauf der Krankheit? Eine weitere Lektüre über die Kuriositäten und Banalitäten, welche die an der Krankheit leidenden Menschen an den Tag durch ihr Verhalten legen? Eine Auflistung der Beeinträchtigungen der normalen Lebensgestaltung der Erkrankten? Der Autor dieses Buches denkt nicht, dass es das braucht. Die Fakten des Krankheitsverlaufs sind so weit bekannt.

In den folgenden Seiten möchte der Autor hauptsächlich die Entwicklung des Lebens einer Familie aufzeichnen, in welcher der wichtigste Mensch der Familie, nämlich die Mutter, an Demenz erkrankt ist. Wie verändert sich ein einstmals harmonisches und glückliches Familienleben? Was passiert mit Freundschaften? Wie verhalten sich die Nachbarn und was geschieht eigentlich im ganz normalen Leben des Füreinander und Miteinanders?

„Demenz macht arm" heißt ein geflügeltes Wort. Der Autor ergänzt es und konstatiert: „Demenz macht arm, einsam und wütend."

Arm, weil die Übernahme der Kosten durch den Staat bzw. die Pflegekasse nur das Notwendigste abdeckt.

Einsam, weil Freunde in der Not eben doch auf kein Lot gehen.

Wütend, weil das „Verlassen sein und verlassen werden" nicht nur ein Gefühl, sondern leider die bittere Wahrheit ist.

Die nachfolgenden Textinhalte wurden vom Autor im Großen und Ganzen so erlebt und entsprechen größtenteils den Tatsachen. Der Stil des Buches wurde jedoch so verfasst, als Blicke der Autor auf eine fiktive Familie.

Nun wünscht der Autor viel Erkenntnis, aber auch Nachdenklichkeit und ab und zu ein leichtes Schmunzeln oder gar gelöstes Lachen bei der Lektüre des Büchleins.

November 2024

Widmung

Dieses Buch ist all denen gewidmet, die in liebevoller Aufopferung ihre an Demenz und Alzheimer, aber auch an allen anderen schweren Krankheiten erkrankten Mitmenschen pflegen und betreuen.

Ganz besonders ist dieses Buch allen gewidmet, die der leider allzu früh verstorbenen Ehefrau des Autors

Monika – hier genannt „Monique"

während ihrer schweren Demenzerkrankung mit Hilfe und Pflege zur Seite standen. Besonders den Menschen, die Monika in den letzten Tagen ihres Lebens und leider auch Leidens zur Seite standen und ihr das Sterben würdevoll ermöglicht haben

In Eingedenk der Tatsache, dass wir alle sterblich sind und ein unendliches Hinausziehen des Lebens zwar vielleicht wünschenswert, aber nicht möglich sein wird, ist der Autor sich sicher, dass er seine liebe Frau dereinst wieder in die Arme schließen wird.

Glauben heißt nach wie vor nichts wissen. Aber ist es wichtig, alles zu wissen? Oder ist es nicht tausendmal schöner, an etwas zu glauben?

Was wäre die Welt ohne die Liebe zu einem anderen Menschen? Wären wir nur annähernd so glücklich wie wir sind?

Hoffnung trägt mit unsichtbaren Flügeln zu neuen Lebenszielen. Was wären wir alle ohne Hoffnung?

Der Autor wünscht allen seinen Lesern und natürlich auch allen anderen Menschen, dass sie die für sie richtigen Antworten auf diese Fragen finden mögen.

Monique

Zwischen Gestern und Vergessen

Warum gerade wir?

Langsam schritt Monique die Treppe hinab. Vorsichtig, wobei ihr jeder Schritt mehr und mehr Mühe bereitete. Ihr Blick ging ins Leere, obwohl die Frühjahrssonne direkt in das Fenster des Treppenhauses schien. Draußen sangen die ersten Vögel übermütig ihre Begrüßungsarien für den Frühling nach ihrer langen Reise aus dem Süden zurück in das noch etwas kühle Franken. Der Himmel strahlte in seinem schönsten Blau und ein paar Wolken zeichneten anmutige Figuren in dieses herrliche Bild.

Ihr Mann, Joshua, führte sie an der linken Hand – mit der rechten Hand hielt sie sich am Treppengeländer – vorsichtig die Treppe hinab. Es waren nur wenige Stufen, die die beiden hinabgingen. Doch schien es für Monique eine unwahrscheinliche Anstrengung zu sein. Unten angekommen strahlte sie ihn an mit dem Blick eines unschuldigen jungen Mädchens.

Joshua liebte diesen Blick seit fast einem halben Jahrhundert. Da hatte er Monique kennengelernt und binnen eines Jahres waren sie ein Ehepaar geworden.

Zärtlich nahm er sie nun an beiden Händen und flüsterte ihr zu. „Wir sind unten angekommen Moni, keine Angst, ich bin ja bei dir." Moni, so nannte er sie, seit er sie kannte. Moni, das war seine Art, ein Kosewort zu verwenden. Sie waren beide bei ihrer jüngsten Tochter Christiane zu Besuch, die im gleichen Haus in einer kleinen Wohnung im ersten Stock seit ein paar Monaten wohnte. Wegen eines Studiums war sie von Oberbayern nach Franken in die Nähe von Würzburg gezogen. Hin und wieder besuchten sich die Tochter und ihre Eltern gegenseitig in ihren Wohnungen. Und soweit es die Zeit der Tochter zuließ, besuchte sie ihre Mutter und half ihr bei den kleinen, für sie noch machbaren Hausarbeiten. Joshua ging wie immer seiner Arbeit nach. Er hatte immer etwas zu tun. Schließlich wollten der große Garten, Haus und Hof aufgeräumt sein.

Joshua führte seine Moni in ihre Wohnung und bettete sie liebevoll auf die komfortable Wohnlandschaft. Eigentlich war diese viel zu groß für das etwas zu klein geratene Zimmer. Sie hatten es vor ein paar Jahren preiswert erworben und da es preislich interessant war, spielte für Joshua das andere keine größere Rolle mehr. Er war halt ein Kind aus den 60er Jahren, die Sparen als Lebenszweck ansahen.

„Moni", sagte Joshua zu seiner Monique, „Moni, ich stelle Dir den Fernseher an, damit du den Pumuckl ansehen kannst, den magst Du doch so sehr." Monique liebte seit ein paar Monaten die Sendung mit dem kleinen frechen Kobold. Es schien, als war er für sie vollkommen lebendig und anwesend. Konnte sie noch unterscheiden zwischen Film und Wirklichkeit? Die Sendung lief und Monique kommentierte lebhaft das

Geschehen im Fernsehapparat, bis ihr ein vollkommen anderer Gedanke die Fassung raubte. „Ich muss sofort zu meiner Mutter nach Hause" schrie sie erregt, sprang vom bequemen Sofa auf und rannte zur Tür und hinaus in den Flur. An der Wohnungstür rüttelte sie sichtlich aufgeregt und schrie, man solle sie endlich nach Hause lassen, schließlich sei sie freiwillig hier und müsse jetzt auf jeden Fall nach Hause zur Mutter. Joshua versuchte, seine Moni zu beruhigen, wie so oft in den letzten Wochen. Aber nichts konnte seine Moni beruhigen. Sie wollte zu ihrer Mutter nach Hause. Da half es auch nicht ihr, zu sagen, dass die Mutter schon vor vielen Jahren verstorben war. „Du Lügner", herrschte Monique ihren Mann Joshua an, „Mama lebt und Du hältst mich hier gefangen, damit ich nicht zu ihr kann", schrie sie sichtlich aufgeregt. Monique verschwand im Schlafzimmer, dessen Tür sich gegenüber der Haustür befand, und schlug die Tür hinter sich zu. „Warum gerade meine Moni?"

Joshua seufzte und versuchte weiter, seine geliebte Moni zu beruhigen. „Warum gerade wir beide?"

Nur ein wenig vergesslich?

Fünf Jahre vorher. Ein wunderschöner Herbsttag im Oktober. Im Garten fieberten die letzten Tomaten ihrer Ernte entgegen. Blätter begannen sich langsam zu verfärben und die Sonne strahlte dennoch wie zu ihrer höchsten Zeit im Sommer. War es da nicht eine Sünde, im Haus zu bleiben, wo die Natur mit den gewaltigsten Malereien aufwartete? Joshua nahm seine Moni in den Arm. „Lass uns ein paar Tage in die Berge fahren. So wie immer im Herbst. Wir wandern zur Alm hoch und genießen dort diesen wunderbaren Kaiserschmarrn, mein Schatz." Am nächsten Morgen fuhren beide wie ein frischverliebtes Paar in die wunderschöne Bergwelt Tirols.

Ein paar Stunden später, in Tirol angekommen, fehlten in Moniques Reisetasche beim Auspacken jedoch fast alle Kleidungsstücke. Ein paar Handtücher und Socken. Sonst war nichts in der Tasche! Monique beharrte darauf, alles eingepackt zu haben, und beschuldigte ihren Joshua, es wieder herausgenommen zu haben. Und Joshua? Der dachte an seine geliebten Berge und tat es als Schusseligkeit seiner Moni ab. „Monilein, mein Schatz, dann kaufen wir eben etwas Neues für Dich und es geht eben erst morgen früh los in die Berge."

Später in den Nachmittagsstunden besuchten Monique und Joshua ihre dritte Tochter Franzi und deren Töchterchen Kati, die in der Nähe der Stadt wohnten, in der Joshua für seine Moni die neue Kleidung gekauft hatte. Voller Stolz und Freude präsentierte Monique ihrer Enkelin Kati die neuen wunderschönen Kleidungsstücke. Besonders ein wunderschönes Kleid mit großen Blumen als Muster hatte es Monique angetan. „Da könnte ich ja glatt nochmal was vergessen", strahlte sie ihren Joshua an, „dann bekomme ich noch einmal so etwas Schönes von Dir, mein Liebling."

Joshua erwiderte die Blicke seiner Moni mit einem Lächeln und ermahnte sie liebevoll. „Monilein, denk daran, ich muss eigentlich sparen, wer weiß, was kommt, denn gespart wird, egal was es kostet." Diesen Satz verwendete Joshua immer dann, wenn er für seine Moni etwas kaufte. Er tat alles für sie, seit mehr als 35 Jahren waren sie jetzt ein Paar – in Freud und Leid, gerade auch im Leid.

Das große Leid

Es war schon einige Jahre her, so um die 27 Jahre, als das Leid die Liebe von Monique und Joshua auf die schlimmste aller Proben stellte. Kalt war es damals Anfang Februar und der Schnee viel eisig vom Himmel. Frostig und kalt. Joshua war wie immer an diesem Tag in seinem Büro bei der Arbeit und seine Monique zu Hause bei den mittlerweile 5 Kindern, die sie gemeinsam hatten. 3 Töchter waren bereits geboren, als sich vor einem Jahr nochmals Nachwuchs meldete. „Welches Geschenk des Himmels", dachte Joshua – „Zwillinge melden sich zur Geburt an." Monique freute sich ebenfalls und war ganz stolz, nun eine Zwillingsmama zu sein. Im März war es dann so weit. Zwei wunderbare, zarte und kleine Menschlein betraten die Welt. Eine Junge und ein Mädchen. Voller Stolz verkündete Joshua der Gemeinde in der Zeitung von der Geburt seiner Zwillinge. „Etwas klein – dafür aber zu zweit", so lautete die Überschrift seiner Geburtsannonce.

Und nun war dieser kalte, frostige Tag gegen Mittag. Joshua wollte seine Moni wie jeden Mittag anrufen, doch an diesem Tag versäumte er es wegen einer Besprechung zu Mittag. Im Büro zurück, dachte Joshua an seine Moni und wählte die Telefonnummer. „Schatz", hörte er da schluchzend aus dem Hörer. „Schatz, komm schnell, ich glaube, dem Bubi geht's schlecht." Bubi und Medi hatten sie damals ihre beiden Zwillinge liebevoll genannt. Und Bubi, sollte es jetzt schlecht gehen? Sofort fuhr Joshua die 10 km nach Hause und stürmte in die Wohnung – und was er dort sah, ließ ihn das Blut in den Adern gefrieren. Der Bubi war aschebleich und die Augen schienen in riesengroßen Höhlen zu liegen. Bleich die Lippen, rasselnder Atem eigentlich mehr tot als lebendig. Sofort telefonierte Joshua den Notdienst an und dieser war auch kurze Zeit später da. Im Laufschritt kam der Notarzt, blickte in das Bett und nahm Bubi im Laufschritt mit in den Krankenwagen. Mit Blaulicht und

31

Sirene fuhr dieser dann auf schnellstem Wege in die Klinik. Joshua nahm seine Moni und fuhr dem Krankenwagen hinterher und sie kamen zu selber Zeit im Krankenhaus an. Der Notarzt rannte mit dem kleinen Bündel Bubi voran die Treppe hinauf zur Notfallklinik. Joshua und Monique rannten hinterher und mussten dann trotzdem vor verschlossener Tür warten. Mittlerweile war es früher Nachmittag geworden und das Warten nahm kein Ende. Einige Stunden später betrat ein Arzt den Warteraum und gab Joshua zu verstehen, dass er alleine mit ihm reden wolle. Joshua beruhigte seine Moni und ging mit dem Arzt vor die Tür. „Leider", so unterrichtete der Arzt Joshua mit belegter Zunge, „leider ist Ihr Sohn so schwer erkrankt, dass eine Schädigung des Gehirns unumkehrbar ist. Ihr Sohn wird, wenn er überhaupt überlebt, für immer schwer geschädigt sein, es tut mir wirklich leid." Mit diesen Worten ließ der Arzt Joshua stehen und verabschiedete sich sichtlich bewegt.

Joshua ging zurück zu seiner Moni und beruhigte sie mit einer Notlüge. „Dem Bubi geht's schon viel besser, mein Schatz", tröstete er seine Moni, „er kann nächste Woche mit nach Hause." Dabei schaute er angestrengt aus dem Fenster, damit seine Moni nicht sehen konnte, wie ihm die Tränen aus den Augen quollen. So blieben die Beiden bis in die späten Abendstunden im Krankenhaus, Joshua hoffend auf ein Wunder, Monique hoffend auf die rasche Genesung ihres Sohnes. Das Schicksal, so man daran glauben möchte, hatte aber etwas anderes im Sinn. Gegen 20.00 Uhr betrat der Arzt mit ernster Miene das Wartezimmer und bat Monique und Joshua ins Krankenzimmer. Dort lag ihr Bubi, ein kleines Bündel Mensch an „tausenden" Schläuchen und Kabeln angeschlossen. Das gleichmäßige Piepen unterbrach die fast unheimliche sonstige Stille im Raum. Joshua nahm seine Monique fest in den Arm und beide gingen zu ihrem Sohn an das Kinderbettchen. Bubi lag reglos da, die Augen geschlossen, aber wieder ganz rosig im kleinen zarten Gesicht. Während die beiden auf ihren Sohn blickten, öffnete dieser auf einmal unerwartet die Augen und suchte den Blick mit seinen Eltern. Erst sah er seine Mama an und dann seinen Papa – mit klarem, festem Blick, als wäre er wundersam genesen. Joshua wusste instinktiv, dass dies der letzte Blick seines Sohnes war, und flüsterte fast lautlos seiner Moni in das Ohr. „Komm Moni, unser Sohn geht jetzt auf seine Reise." In diesem Moment wurde aus dem gleichmäßigen Piepton ein langer, schier nicht auszuhaltender greller Pfeifton, welcher den Arzt in das Krankenzimmer stürmen ließ. Monique und Joshua mussten das Zimmer verlassen. Wartend auf die erlösenden Worte des Arztes standen sie nun vor der Tür, welche sich unvermittelt kurz danach öffnete. „Es tut mir leid", hörten Monique und Joshua den Arzt noch sagen, dann übermannte sie die große Trauer und schluchzend umarmten sich beide.

34

Erste Auffälligkeiten

Endlich war es Sommer geworden. Das Frühjahr war bis in den Mai hinein kalt und nass gewesen. Nun aber blinzelte die Sonne zwischen den paar wenigen Wolken hervor und animierte allerlei Flugkünstler wie Bienen, Schmetterlinge und Libellen zu filmreifen Flugmanövern. Die Frühlingsblumen reckten ihre Blüten der Sonne entgegen und selbst der Hund des Nachbarn schien den Frühling nun endlich begrüßen zu wollen. Übermütig bellte er jeden an, der an ihm vorbeiging, und das Schwänzchen wedelte dabei, als wolle es ihm frische Luft zu fächern. Auch Moniques Hund, klein mit wuscheligem, schwarzem Fell, bei dem schwer auszumachen war, was nun hinten oder vorne wäre, erfreute sich am endlich gekommenen Frühling. Er sprang wild an Joshua hoch und wollte ihn zum Gassigehen überwedeln. Joshua musste aber gerade an diesem Tag nach Frankfurt fahren. „Moni mein Schatz", verabschiedete er sich von seiner Moni, „gegen Abend bin ich wieder zu Hause, du kannst uns ja was Leckeres kochen heut Abend, ich bringe meinen Bruder mit nach Hause." Er nahm den Kopf seiner geliebten Moni mit beiden Händen und drückte ihr einen dicken Kuss auf die Lippen und ging dann zu dem Auto seines Bruders, der schon mit laufendem Motor wartete. Joshua erledigte seine angedachten Aufgaben und kam wie versprochen gegen 17.00 Uhr zurück nach Hause. In der Küche angekommen sah er seine Moni aufgeregt werkeln, sie schien im großen Stress zu sein. „Schatz", begrüßte Monique ihren Joshua, „Schatz, Du kannst schon mal die Teller austeilen, ich bin bald mit dem Essen fertig." Auf dem Tisch standen ca. 15 Teller nebst Besteck und Trinkgläsern. „Bekommen wir Besuch, Moni?" fragte Joshua, wegen der vielen Teller bei Monique nach. Monique schaute verärgert ihren Joshua an. „Erst rufst Du an und sagst, es kommen 15 Leute zum Essen, und jetzt fragst Du mich so dumm, ob wir Besuch bekommen. Seit Stunden koche ich in nun und als Dank?

Nichts!" Joshua schaute ratlos seinen Bruder an, der ebenso ratlos zurückschaute. Joshua beruhigte nun seine Moni. „Schatz, was gibt es denn?" fragte er süß. „Das, was Du bestellt hast", erwiderte Monique immer noch verärgert. „Leberkäse und Kartoffelsalat." „Der Kartoffelsalat muss noch etwas kochen und der Leberkäs ist im Backofen." Tatsächlich stand auf dem Herd der größte Topf, den Monique hatte, und in dem sprudelte das Wasser mit Kartoffelscheiben und Zwiebelwürfeln drin. Und im Backofen backten 5 Leberkäse, je ein Kilo vor sich hin. „Aber Monilein", fragte Joshua noch süßer als vorher, „wo hast Du denn den Leberkäse her?" „Vom Handelshof geholt", antwortet Monique immer noch leicht mürrisch. „Ich bin mit dem Volvo hingefahren." „Aha, du kannst also mit dem Volvo fahren?" Joshua war verwundert. Hatte seine Moni nicht stets das Fahren mit dem Volvo abgelehnt, weil er ihr zu groß war?

Frühere Schreckmomente

Früher, ja früher fuhr Monique gerne Auto. Selbst den großen Dienstwagen von Joshua steuerte sie souverän durch fast jede Großstadt. Die Passanten dachten damals bestimmt, es gäbe schon selbstfahrende Autos, denn Monique war nicht sonderlich groß und verschwand fast gänzlich hinter dem Lenkrad der mächtigen Limousine. Es war im Frühsommer, die Kinder waren noch klein und der alljährliche Sommerurlaub wollte genommen werden. Monique und Joshua mit ihren damals noch 3 Töchtern zwängten sich in den vollgepackten Wagen und die Fahrt gen Süden ging los. Spanien sollte das Ziel sein. Palamos an der Costa Blanca. Dorthin zog es Joshua und seine Monique jedes Jahr fast magisch. In manchen Jahren, wenn die Zeit es zuließ, fuhren sie bis zu dreimal mit dem Auto nach dem Süden. Joshua hatte damals noch unheimliche Angst vor dem Fliegen und deswegen fügten sich Monique und die Kinder jedes Jahr der für sie wahrscheinlich langweiligen

Autofahrt über 10 Stunden zu. Joshua hinge-
gen genoss die Fahrt jedes Mal ausgiebig. Er
war ja Handelsreisender von Beruf und des-
wegen viel unterwegs und hatte sich an das
Autofahren gewöhnt. Scherzhaft nach seiner
Tätigkeit gefragt, antwortete er stets, er sei
Berufskraftfahrer mit beratender Tätigkeit.
Angekommen in Palamos ging es am nächsten Tag an den Strand und das Meer. Die
Sonne strahlte so stark vom wolkenlosen
Himmel, dass es fast unmöglich war, von der
Straße über den heißen Sand an das Meer zu
laufen. Joshua trug die kleinsten zwei Mädchen an den Strand direkt an das Meer und
Monique führte die „Große" an der Hand –
versehen mit Badeschuhen – ebenfalls an
den Strand. Jetzt konnte der Urlaub endlich
beginnen. Die Mädchen spielten am Sand
und bauten allerlei interessante Gebäude.
Monique, die schon immer gern die Sonne
mochte, entblößte sich bis auf das Bikiniun-
terteil und legte sich zum braun werden in
die pralle heiße Sonne. Und Joshua? Der

suchte Zuflucht unter dem großen, mit dickem Stoff bezogenen Sonnenschirm. Darunter setzte er sich – das Hemd noch an – und studierte seine mitgebrachten Bücher. Joshua und die Sonne waren niemals große Freunde gewesen. Das lag vielleicht daran, dass die Sonne Joshuas Haut in kürzester Zeit erbarmungslos verbrannte. Joshua war eher der nordische Typ. Groß, helle Haut, helle Haare und blaue Augen.

Obgleich die Sonne schien und kein einziges Wölkchen am Himmel auszumachen war, tobte das Meer tosend und wild. Krachend rollten die Wellen gegen den Strand und zauberten geheimnisvolle Gischt Wolken in den Himmel. Die großen und etwas kleineren Kinder sprangen ebenso wie die Erwachsenen in die Wellen hinein und ließen sich jauchzend und schreiend an den Strand spülen. Joshua blickte von seinem Buch auf und beobachtete amüsiert die Szenerie. Fürsorglich blickte er zu seinen Töchtern und erschrak sofort. Die damals jüngste

Tochter fehlte. Er konnte sie nirgendwo aus-
machen. „Jessi", schrie Joshua, „Jessi, wo ist
die Franzi?" „Im Meer, Papa", antwortete Jessi etwas mürrisch. Es war ihr manchmal zu
viel, immer als Große auf die Kleinen auf-
passen zu sollen. Joshua rannte an das Ende
des Strandes und schaute nach seiner Franzi.
Doch die war nirgendwo auszumachen.
„Mein Gott", durchfuhr es Joshua, „Bitte
nicht." Joshua wusste um die Gefahren der
Brandungswellen und hatte deswegen seinen Mädchen eingebläut, nicht in das Wasser zu gehen. Monique rannte zu Joshua
tränenüberströmt. „Joshua, wo ist meine
Franzi?", schrie sie fast hysterisch, „wo ist
meine Franzi, Joshua?" Es war nunmehr fast
eine halbe Stunde vergangen und Joshua
wollte den Gedanken mit Macht verdrän-
gen, dass seiner Franzi etwas geschehen sein
konnte. Er wusste aber auch, dass ein Kind
im Sog der Wellen keine Chance bei einer
solchen Brandung hätte. Er trottete mit lee-
rem Blick, dass für ihn in dieser Situation

Unausweichliche zu akzeptieren, zurück zum Strand. Da kam ihm von der Ferne ein schmächtiges Mädchen entgegen gerannt. „Franzi, Franzi", schrie Joshua mit sich überschlagender Stimme, „Franzi bist du es?" Franzi blickte ungläubig zu ihrem Papa Joshua und fragte verwundert, was denn los sei. Sie war doch nur auf dem WC in der Strandbar.

Joshua und auch Monique, die inzwischen dazu gerannt kam, umarmten ihre Franzi und sich selbst. „Alles noch mal gutgegangen, Gott, Dir sei tausendfacher Dank", stammelte Joshua und blickte dankbar gen Himmel.

Frühe Sorgen um die Betreuung

Die Kinder von Monique und Joshua waren groß geworden und zwei von ihnen hatten schon selbst Kinder. Besonders Nadine war wie ihre Mutter Monique ihren Kindern und ihrer Familie sehr angetan. Sie wohnte in der Nähe von Stuttgart in einer kleinen Provinzstadt in einer kleinen Wohnung zu viert mit ihrem Mann und ihren beiden Kindern. Verheiratet war Nadine noch nicht – die letzte Rebellion gegen das bürgerliche Leben wollte sie sich aufbewahren, solange es irgendwie ging. Auch um ihre Mutter Monique kümmerte sich Nadine so gut es ihr Zeitplan zuließ. Eines Abends telefonierte nun Joshua mit seiner Tochter Nadine und bat sie um einen großen Gefallen. „Nadine", fragte Joshua vorsichtig. „Nadine", wäre es möglich, dass ich Mama ein paar Tage bei dir übernachten lasse? Du weißt doch, ich muss dringend nach Köln auf diese eine besondere Baustelle. „Die Leute brauchen mich da dringend." Nadine reagierte etwas befremdlich und zögerte mit der Antwort. „Ich muss erst mit meinem Mann reden, Papa, ich gebe dir gleich Bescheid." Joshua hoffte inständig auf eine Zusage, da klingelte auch schon das Telefon wieder. „Klar, Papa, geht in Ordnung, du kannst Mama am Montag bringen bis Donnerstag." Joshua fiel ein Stein vom Herzen, konnte er doch jetzt am Montag nach Köln ohne Sorgen um seine geliebte Monique fahren. Das folgende Wochenende waren wunderschöne Spätsommertage. Joshua ging mit seiner Monique wie fast jedes Wochenende in den nahen Tierpark. Dort konnte er die Seele baumeln lassen. Unter großen alten Bäumen waren fast unsichtbar in die Natur integrierte Umzäunungen für allerlei heimische Tiere gebaut worden. Besonders die zwei Braunbären und das große Wolfsrudel hatten es Monique angetan. Beim Anblick der mächtigen Braunbären strahlten ihre blauen Augen wie zwei Sterne in der finstersten Nacht. Monique schien bei den Tieren glücklich und sehr zufrieden zu sein. Bei den Wölfen versuchte Joshua regelmäßig, das Wolfsgeheul nachzumachen, und jaulte manchmal so grauslich, dass die Wölfe wahrscheinlich davor flüchteten. Monique quittierte Joshuas Geheul jedes Mal mit einem glucksenden Lachen und strahlte dabei ihren Joshua an. Unmittelbar nach dem Wolfsgehege war eine Imbissstation für allerlei Getränke und kleine Naschereien wie Kuchen, Pommes, Hamburger und einiges mehr. Joshua suchte für sich und seine Monique einen Platz, setzte Monique hin und holte zwei Limo und zwei Portionen Pommes. Monique freute sich wie ein kleines Kind, als Joshua wiederkam, und trank sofort einen großen Schluck. Nur an den Pommes kaute sie und kaute sie, diesmal viel länger als sonst. „Ich kann sie nicht schlucken, Joshua, ich glaube, ich habe was im Hals", jammerte sie ihrem Joshua zu. Monique und Joshua wussten da noch nicht, was es bedeuten würde, dass Moniques Schluckreflex ab nun stetig abnahm.

Montag früh weckte Joshua seine Monique und half ihr beim Packen ihres eigenen roten Koffers. Es musste wie immer der rote Koffer sein. Den hatte sie sich selbst vor ein paar Jahren gekauft. Und seit dieser Zeit musste es immer dieser rote Koffer sein. Joshua hatte den Koffer schon des Öfteren „verflucht", den seine Monique suchte in letzter Zeit fast täglich ihren roten Koffer und packte ihn mit allerlei Kleidung und sonstigen Utensilien. Dann stellte sie den Koffer vor die Haustür und bekundete lautstark, dass sie nun abfahrbereit sei. So ging das manchmal den ganzen Tag. Koffer packen, Koffer auspacken.

Nach dem Kofferpacken kümmerte sich Joshua noch um Haus und Hof und fuhr dann seine Monique zur Tochter Nadine. Dort angekommen gab es ein großes Hallo und Monique freute sich, dass sie jetzt dableiben konnte. Joshua gab seiner Monique einen dicken Kuss und verabschiedete sich. Der Weg von Stuttgart nach Köln war noch weit und es war mittlerweile schon 12.00 Uhr Mittag geworden.

Abends rief Joshua Nadine an, um nach Monique zu fragen. Nadine war sichtlich nervös und aufgekratzt. „Papa, Mama packt den ganzen Tag den Koffer aus und wieder ein und zieht sich immer wieder andere Sachen an." „Was soll ich nur machen?" „Ach Nadine", versuchte Joshua seine Tochter zu beruhigen, „Mama ist sicher ein bisschen nervös und aufgekratzt von der Situation." Morgen wird es schon besser werden." Insgeheim dachte Joshua daran, dass es hoffentlich gut gehen werde bei Nadine. Kannte er doch das Problem des Kofferpackens bereits zu gut. Die Tage in Köln vergingen im Fluge und Joshua genoss die freien Abende in seinem Hotelzimmer. Niemand, der umherirrte und Koffer packte. In Ruhe Nachrichten oder einen Film sehen. Wie lange war das schon her? Wochen, Monate? Joshua dachte an seine Monique und hoffte insgeheim, dass alles nur ein böser Traum sei und seine

Monique bald wieder ganz gesund werden würde.

Der Donnerstag war schneller da als gedacht und Joshua fuhr zurück nach Stuttgart, um seine geliebte Monique von der Tochter abzuholen. Nadine wartete schon sehnsuchtsvoll auf Joshua und freute sich sicher auf den ruhigen Abend ohne ihre Mama. Denn die war die ganze Woche wie aufgedreht und hatte sich „hunderte" Male umgezogen und ebenso oft den Koffer ein und ausgepackt. „Wie schaffst Du das nur die ganze Zeit, Papa?", fragte Nadine Joshua, „ich bin fix und fertig diese Woche". „Tja", erwiderte Joshua Nadines Frage mit einem Bonmot aus seiner Wahlheimat Bayern. „Wer ko, der ko, Nadine", was so viel heißt: wer kann, der kann. Joshua dachte aber an das kommende Wochenende und blickte insgeheim an die vergangenen ruhigen Abende zurück.

Ansteckgefahr?

Der Sommer wich so langsam dem Herbst und es waren noch ein paar schöne Tage in Aussicht. Tage, an denen der Grill und die Gartenmöbel nochmalig genutzt werden wollten. „Monique, wir wäre es, wenn wir am Wochenende den Grill anwerfen und unsere Bekannten und Verwandten einladen?" „Das Wetter ist herrlich und ein wenig Abwechslung tut uns und auch dem Besuch sicherlich gut." Monique freute sich wie immer, wenn es ans Grillen ging. Sie mochte besonders die typisch schwäbischen Bratwürstchen vom Kohlegrill, welche aber normalerweise in der Pfanne gebraten werden. Joshua überlegt, wen er den einladen könnte, und fing an zu telefonieren. Doch leider hatte niemand Zeit, zu kommen. Einmal war es der Stress der Woche, dann der weite Weg oder eine allgemeine Unpässlichkeit. Auf jeden Fall sagte niemand zu dieser Grillfeier zu. Verwundert nahm Joshua diese Absagen zur Kenntnis und dachte noch nicht daran, dass die Besuche zu seiner Monique und ihm nun immer weniger und letztlich fast gänzlich eingestellt wurden.

Früher, ja früher, als Monique noch gesund und munter war, da hatten die Grillfeiern von Joshua immer recht viele Gäste angezogen. Joshua hatte immer etwas Besonderes in Planung, besonders für seine Nichten und Neffen. Mal war es eine Nachtwanderung mit Fackeln, mal ein Lagerfeuer zum Würstchen am Stock und Stockbrot zu grillen oder ein kleines Präsent für die Kleinen. Und Joshua legte großen Wert darauf, dass es ausreichend Getränke und immer etwas Besonderes zum Essen gab. Einmal gestaltete er einen typisch griechischen Abend mit original griechischem Essen, ein anderes Mal brutzelte er in seinem Smoker eine ganze Schweineschulter so lange, bis das Fleisch vor Zartheit fast zerfiel. Es waren einfach immer schöne Feiern, die oft bis tief in die Nacht gingen. Und jetzt, ja jetzt sollte dies alles ein Ende haben? Joshua glaubte es einfach nicht und dachte sich bei den

Absagen nichts dabei. Die Grillfeier veranstaltete er dann doch, zusammen mit seiner Monique und dem Nachbarn, der frisch zugezogen war.

Erste Panikattacken

Der Abend verging wie im Flug und gegen 23.00 Uhr verabschiedete sich der Nachbar von Joshua und seiner Monique. Joshua räumte noch die Gläser und das Geschirr zusammen. Dann verschloss er die Balkontür und nahm seine Monique an die Hand, um mit ihr in das Wohnzimmer zu gehen. Er liebte es, nach jeder Feier in Ruhe noch ein Bier zu trinken und den Abend nochmals Revue passieren zu lassen. Monique war auch noch ganz aufgedreht und wollte ebenfalls noch nicht zu Bett. Da saßen sie nun Hand in Hand auf der großen Couch und genossen die Ruhe bei einem Gläschen Bier, bis Monique auf einmal Panik überkam. „Joshua", schrie Monique, sichtlich erregt und voller Angst in den Augen. „Joshua, da sehe ich jemanden hinter dem Vorhang stehen, der will zu uns ins Wohnzimmer. Ich habe Angst." Joshua, schon müde und leicht angetrunken, beruhigte seine Monique so gut er es konnte. Doch Monique ließ nicht locker mit ihrer Angst und verfiel in einen bedrohlichen

Hilfeschrei. „Hilfe, Hilfe", schrie sie fast schon panisch. „Hilfe, Hilfe, die wollen mich holen. Hilfe Hilfe…" Joshua wusste nicht, wie er seine Monique beruhigen konnte. Er versuchte alle Möglichkeiten, die ihm einfielen, aber Monique wurde immer panischer. Eine letzte Möglichkeit sah er in einem Anruf seiner Tochter Nadine. Vielleicht konnte die ihre Mutter beruhigen. Er wählte die Nummer, obwohl es schon fast 24 Uhr war, und seine Tochter ging nach einigem Klingeln an das Telefon. „Nadine" stammelte Joshua, „Nadine, ich weiß nicht mehr, wie ich Mam – so nannten sie Monique untereinander – beruhigen soll. Sie schreit nur noch und lässt sich einfach nicht beruhigen. Vielleicht kannst Du mit ihr reden. Ich schaff es einfach nicht mehr." Joshua gab Monique sein Mobiltelefon. „Moni, Nadine will mit dir reden, sie ist am Telefon." Monique war auf einmal ruhig und nahm das Telefon. Nadine redete mit ihr und sie wurde zunehmend entspannter und ruhiger. „Joshua, Nadine will noch mit dir reden", übergab Monique das Telefon. Joshua übernahm das Telefon und Nadine redete sofort darauf los. „Papa, du musst Mama in ein Pflegeheim bringen. Sie braucht dringend Hilfe, die du nicht mehr leisten kannst." Doch Joshua blockte wie immer beim Thema Pflegeheim ab. Seine Monique in ein Pflegeheim? Niemals. Eher bring ich uns beide um, pflegte er darauf zu antworten. Meine Frau kommt in kein Pflegeheim und damit Schluss. Jeder seiner Töchter hatte aber bis dahin zumindest einmal gehört, wie Joshua völlig fertig schrie. „Dann bringe ich sie weg in ein Heim und dann habe ich endlich meine Ruhe, ich kann und ich will nicht mehr."

Monique war beruhigt und Joshua brachte sie ins Bett. Wie jeden Abend schlief er Hand in Hand mit seiner Monique. Sie konnte nur schlafen, so schien es Joshua, wenn er ihre Hand hielt. Joshua hörte Monique leise schnarchen und lag noch eine lange Zeit wach. „Was kommt da noch alles auf uns zu?" grübelte er und verfiel dann langsam auch in einen unruhigen Schlaf.

Am nächsten Tag war Monique wie ausgewechselt. Fröhlich brachte sie Ihrem Joshua den Morgenkaffee, den er immer auf dem Sofa sitzend trank. Seit Jahren las Joshua jeden Tag morgens eine dicke Wochenzeitung, so auch an diesem Morgen. Monique sprach ununterbrochen und Joshua war so langsam genervt. Lesen und Zuhören war so gar nicht seine Stärke. „Monilein, was ist denn? Wieso bist du heute so aufgekratzt?" frug er seine Monique. „Schatzi, ich möchte heute mit Dir in den Tierpark. Da waren wir schon so lange nicht mehr. Bitte, bitte komm, wir fahren in den Tierpark." Joshua war verwundert. Waren sie doch erst vor zwei Wochen dort gewesen. „Ok, Moni, ich mach mich nur schnell fertig und dann fahren wir gleich los, dort wird es dir sicher ganz gut gefallen." Noch müde von der vergangenen, aufregenden Nacht fluchte Joshua innerlich." „Schon wieder dieser blöde Tierpark!"

Glückliche Tage

Vor mehr als 20 Jahren war Joshua noch liebend gerne mit seiner Monique und ihren 4 Kindern in große Freizeitparks gegangen. Einmal hatten sie sogar ihre Nichte mit dabei. Es ging die lange Reise nach Spanien zum Port Aventura in Salou. Joshua fuhr mit den eigenen vier Mädchen, der Nichte und seiner Monique mit dem Wohnmobil nach Spanien in den Pfingsturlaub. Er hatte sich ein extra großes amerikanisches Wohnmobil gekauft. Voller Stolz steuerte er das Fahrzeug wie ein erfahrener Truckfahrer über die Autobahn. In einem Rutsch fuhr er so von ihrem Heimatdorf bis nach Lyon in Frankreich. Das waren immerhin so 700 km. Am nächsten Tag nahm er dann die zweite Strecke von nochmals 700 km auf sich. Die Kinder spielten oder schliefen vor lauter Langeweile während der Fahrt und Monique versorgte Joshua und die Kinder mit kleinen Imbissen und Getränken. Auf die Toilette konnten die Kinder und Monique während der Fahrt gehen. Nur wenn Joshua mal musste, wurde angehalten. Joshua wollte so schnell als möglich am Ziel sein. Da gab es kein Pardon und kein Jammern.

Nachts um 24 Uhr erreichte Joshua die Pforte zum Campingplatz in Cambrils bei Tarragona. Natürlich war um diese Zeit der Eingang verschlossen und so übernachteten sie auf dem Parkplatz vor dem Camping-platz. Im Sommer wird es ja schon früh hell und so kitzelte die Sonne Joshuas Augen morgens um 5 Uhr. Leise schlich sich Joshua aus dem Wohnmobil und lief die wenige hundert Meter zum Strand hinunter. Er kannte den Campingplatz bereits vom Jahr zuvor. Am Horizont des Meeres ging in öst-licher Richtung die Sonne auf und das Was-ser strahlte und blinkerte in güldenen- und silbernen Farben. Fast wie ein Spiegel lag das Meer. Vollkommen ruhig und still. Auch die Pinien am Strand und die wenigen Palmen schienen noch in Schlafhaltung zu sein. Kein Windchen ging und es war einmalig schön. Joshua dachte daran, für immer dort zu bleiben, und hing seinen träumerischen Gedanken nach, bis er auf einmal von lautem Geschrei und Gelächter aufgeweckt wurde. Alle fünf Mädchen rannten auf ihn zu und lachten, glucksten und schrien. „Das Meer, Papa das Meer..." „Ja, schon gut" beruhigte Joshua seine Rasselbande. „Pst, es ist erst 6 Uhr morgens. Die Leute schlafen alle noch, oder wollt ihr, dass wir auf dem Parkplatz bleiben müssen, weil wir wegen eurem Radau nicht auf den Platz dürfen?"

Pünktlich um 9.00 Uhr öffnete die Rezeption des Campingplatzes und Joshua fuhr auf den Campingplatz. Die Mädchen und Monique waren am Strand geblieben. Nach Erledigung der üblichen Formalitäten steuerte Joshua sein für den Platz fast zu großes Wohnmobil Richtung Meer, um dort einen „Platz mit Seeblick" zu finden. Wie schon früher hatte er auch dieses Mal Glück und er parkte sein Fahrzeug auf einem riesengroßen Eckplatz mit Blick auf das herrlich blaugrün schimmernde Mittelmeer. Hier würde

64

ich gerne für immer bleiben, dachte Joshua gedankenverloren, bis ihn das wilde Gekreische seiner Mädchen aus den Träumereien entriss. Joshua und seine sechs Mädels, wie er seine Monique und die Mädchen gern nannte, verbrachten drei herrlich entspannte Wochen am Meer. Joshua ahnte zu dieser Zeit noch nicht, dass Entspannung wie im Urlaub für ihn zu einem immer weniger gebräuchlichem Wort und Zustand führen sollte.

Notlösung der Betreuung

Die Entspannung hatte in den letzten Monaten merklich nachgelassen. Joshua versuchte, die Betreuung seiner geliebten Monique mit seiner Montagearbeit so gut als möglich unter einen Hut zu bringen. Seine Tochter Nadine kümmerte sich in den vergangenen Wochen liebevoll um ihre Mutter. Doch nun waren die Sommerferien vorbei und es war für Nadine einfach nicht mehr möglich, die Mutter unter der Woche bei sich wohnen zu lassen. Die beiden Kinder mussten morgens zur Schule gebracht werden und Monique konnte – zumal in einer ihr fremden – Wohnung nicht alleine sein. Zu groß wäre die Gefahr eines Unglücks gewesen. Doch Joshua ließ sich davon nicht entmutigen. „Dann wird Mama halt mein neuer Stift", verkündete er lachend seiner Tochter Nadine. „Ich nehme Mama einfach mit auf die Baustelle. Das wird ihr sicher gefallen und Abwechslung ist es allemal." Am darauffolgenden Montag packte Joshua für seine Monique und sich die Koffer, verschloss die Wohnung und fuhr mit seiner Monique Richtung Köln zur Arbeit. Seine beiden Arbeiter waren schon morgens um 5.00 Uhr losgefahren, um pünktlich um 9.00 Uhr zur Besprechung auf der Baustelle vor Ort zu sein. Gegen 13.00 Uhr erreichte Joshua das Ziel und stellte seinen Arbeitern augenzwinkernd ihren „neuen Stift" vor. Die beiden sahen Joshua mit großen Augen an und schüttelten verständnislos den Kopf. „Ist dann Dein Ernst, Chef?", platzte es einem der Arbeiter raus. „Wie soll das denn gehen?" Joshua schob die Bedenken beiseite und erklärte seinen Leuten, warum es sein musste, dass Monique mitfuhr. „Ich kann Moni nicht alleine lassen, die Baustelle aber auch nicht." „Also geht es nur so, wie es jetzt ist, bis ich für Moni eine passende Lösung gefunden habe." „Na dann", kommentierte Klaus, der ältere Mitarbeiter von den beiden. „Dann muss es halt irgendwie gehen." Und wie es ging. Joshua stellte Monique Klaus als Handlangerin zur Seite und Monique hatte sichtlich Gefallen an der Arbeit mit Klaus. So vergingen ein paar Wochen, bis Moniques Zustand sich abermals verschlechterte. Mittlerweile war sie leicht inkontinent geworden und hatte große Probleme beim Verspeisen fester Nahrung. Im Oktober desselben Jahres ging es einfach nicht mehr. Joshua musste sein Geschäft schließen. An einem Montagmorgen fuhren seine Mitarbeiter das letzte Mal Richtung Köln, um die Baustelle zu räumen. Ein letztes Mittagessen mit den Arbeitern und Monique, dann war das Montagegeschäft von Joshua zu Ende. „Außer Spesen nichts gewesen", dachte Joshua wehmütig an die für ihn schöne Auszeit trotz der schweren Arbeit fernab der Sorgen und Mühen für seine Monique zurück.

Die erste lange Trennung

Nicht immer war Joshua so froh, Auszeit von seiner Monique zu haben. Sie waren zu jener Zeit fast 30 Jahre zusammen und fast jede Nacht davon war Joshua zu Hause bei seiner Monique und den Kindern. Bis zu jenem verhängnisvollen Rosenmontag vor mehr als 15 Jahren. Joshua musste – seiner damaligen Tätigkeit entsprechend – zu einem wichtigen Termin nach Passau. Um 7.00 Uhr fuhr er los und kehrte nach nur wenigen 100 Metern zurück. Er hatte sein Portemonnaie vergessen. Wieder in der Wohnung fand er dieses sehr schnell, lag es doch auf dem Schreibtisch. Natürlich wollte und musste er nochmals von seiner Monique Abschied nehmen. Rufend nach ihr lief er durch die Wohnung und fand sie schließlich im Badezimmer unter der Dusche, wie Gott sie schuf. „Ach, hätte ich jetzt nur noch Zeit", schmachtete er seiner Monique augenzwinkernd zu, „dann könnte ich dich nochmal verführen." Joshua gab seiner Monique einen innigen Kuss und nahm sie ein letztes

Mal liebevoll in den Arm. Aber es nützte ja nichts, der Termin in Passau war um 11.00 Uhr und Joshua war schon spät dran.

Joshua fuhr mit seinem schweren Wagen immer schneller, um den Termin noch rechtzeitig zu schaffen, und war einen kleinen Moment unvorsichtig. Der ausscherende LKW schien nun auf der Überholspur zu stehen und Joshua krachte mit Vollgas in den Wagen. Erst im Krankenhaus kam Joshua wieder zu sich und fragte verwundert, wo er denn sei. „Sie hatten einen schweren Autounfall", beruhigte ihn die Schwester und deutete Joshua, dass er dazu auch großes Glück hatte. Ganze 4 Monate musste Joshua im Krankenhaus bleiben und seine geliebte Monique besuchte ihn so oft sie konnte. Endlich war der Tag der Entlassung und Joshua war wieder fast vollständig genesen. „Meine Monique, mein kleines Mausilein, jetzt habe ich Dich wieder. Gott sei Dank, mein Schatz", stammelte Joshua und konnte vor lauter Glück während der gesamten

Heimfahrt vor lauter Tränen kaum aus dem Fenster sehen. Nichts und niemand kann mich und Monique trennen, dachte Joshua die ganze Zeit. Niemals wird mich meine Monique verlassen. Niemals.

Der erste Zusammenbruch

Zumindest dachte das Joshua bis zu jenem Abend vor der Silvesternacht vor zwei Jahren. Seine Monique war den ganzen Tag schon übernervös und lief in der Wohnung ziellos hin und her. Nichts konnte man ihr an diesem Tag recht machen. Alles bemängelte und kritisierte sie lauthals. Joshua dachte bei sich, dass Monique vielleicht schlecht geschlafen hatte und deswegen so aufgekratzt war. Er wollte Monique beruhigen und sie zum Ausruhen auf der großen Couch bewegen. Doch nichts half. Monique schimpfte und meckerte und rannte ziellos in der Wohnung und im Garten umher. An diesem Tag war es ungewöhnlich warm für einen Dezembertag. Das Thermometer zeigte an die 18 Grad plus. Es war wie im schönsten Frühling. „Na vielleicht ist der Föhn schuld, dass Du heute so aktiv bist", zwinkerte er seiner Monique zu. Doch die quittierte es mit einem lauten „Lass mich in Ruhe, ich kenne Dich doch gar nicht." „Wer bist Du überhaupt?" „Na dann lass ich Dir deine Ruhe", dachte

Joshua und ging nach draußen, um seinen Ärger abzureagieren. Den ganzen Tag gab Monique keine Ruhe. Einmal lachte sie lautstark auf, kurze Zeit später verfiel sie in hemmungsloses Schluchzen mit dem Ruf nach ihrer Mama. Doch die Mama von Monique war schon vor mehr als 25 Jahren verstorben.

Joshua dachte daran, dass seine Monique ja am Abend bald einschlafen würde nach diesem turbulenten Tag. Doch da irrte er sich gewaltig. Mit Einbruch der Dämmerung lief seine Monique erst zur Höchstform auf. Ohne triftigen Grund begann sie sich nun an- und auszukleiden. Mal stand sie nur im Unterhemd im Wohnzimmer, kurze Zeit später wieder im Wintermantel. Über die Jeans zog sie den Slip und über das Hemd den BH. Als Schuhe hatte sie sich einen Winterstiefel links und einen Hauspantoffel rechts ausgewählt. „Komm, wir fahren jetzt zu meiner Mutter", forderte sie lauthals Joshua auf. Der konnte sich ein Lachen nicht verkneifen, als er seine geliebte Monique in ihrem speziellen Aufzug sah. „Aber Moni-lein, wir bleiben doch jetzt zu Hause", ver-suchte Joshua, seine Monique zu beruhigen. „Morgen ganz früh fahren wir nach Michel-bach zu Deiner Schwester und Deinem Va-ter. Deine Mutter ist doch schon lange verstorben." „Du lügst", schrie Monique zu-rück. „Mama lebt und du hast mich einge-sperrt. Ich kenne Dich nicht. Wer bist Du überhaupt?" So ging es die ganze Zeit wei-ter, bis Monique vor Erschöpfung in ihrem Bett einschlief. Joshua blieb noch wach, bis er gegen 3.00 Uhr morgens beschloss, den Rest der Nacht auf dem Sofa ein wenig zu schla-fen. Joshua war kaum ein wenig eingenickt, als er ein lautes Geräusch aus dem Schlaf-zimmer vernahm. Schlagartig war er wieder hellwach und öffnete die Tür zum Schlaf-zimmer. Gerade noch rechtzeitig, wie ihm schien, denn seine Monique setzte gerade zum Sprung aus dem offenen Fenster nach draußen an. Es war Dezember und obgleich es in den letzten Tagen sehr warm für diesen

Monat war, wurde es in den Nächten bitterkalt, zumal der Himmel sternenklar war. Joshua rannte zu seiner Monique, die nur einen Slip und ein kurzes Hemdchen am Leib trug, und zog sie energisch vom offenen Fenster weg, um dieses zu schließen. Und Monique? Die fing lauthals an, um Hilfe zu schreien, und schlug wild um sich. Joshua packte seine Monique an den Armen und schrie sie ebenso laut an. „Moni, Moni, was ist denn los mit Dir? Willst Du mich in den Wahnsinn treiben? Was ist denn nur mit Dir los um Himmelswillen?" Doch je lauter Joshua wurde, umso energischer schrie Monique um Hilfe und schlug um sich. Es dauerte eine gefühlte Ewigkeit, bis Joshua Monique wieder beruhigt hatte und sie ins Bett legen konnte. Dort verfiel sie langsam in einen unruhigen Schlaf. Joshua jedoch war hellwach und verbrachte diese Nacht, wie so viele vorher, Kaffee trinkend auf dem Sofa im Wohnzimmer. Was soll nur aus uns noch werden, dachte Joshua. Warum gerade meine Moni von den vielen Milliarden Menschen?

Am nächsten Morgen. Dem Silvestermorgen war Monique wie ausgewechselt. Nichts mehr war von der nächtlichen Aufgewühltheit zu spüren. „Schatz, entschuldige bitte", flehte sie ihren Joshua an, „entschuldige mein Schreien heute Nacht. Ich weiß auch nicht, was mit mir los war. Jetzt ist alles wieder in Ordnung. Ich liebe Dich doch so sehr, mein Schatz." Joshua, noch aufgekratzt und müde von den Ereignissen der vergangenen Nacht, nahm die Entschuldigung mit einem „passt schon" halbherzig an, er wollte ja eigentlich nur seine Ruhe, gerade jetzt im Moment. „Komm, wir gehen bei dem wunderschönen Wetter spazieren", bettelte Monique und Joshua ließ sich widerwillig breitschlagen. War er doch noch hundemüde, denn er hatte die ganze Nacht kein Auge zugetan.

Fast in der Kapelle

Früher unternahm Joshua gerne lange Wanderungen mit seiner Monique. Meistens fuhren sie dazu in die Berge in Joshuas Wahlheimat Tirol. Dort ist das Wetter in den Herbstmonaten fast immer stabil und die Sommerhitze weicht einem kühleren Herbstwetter. Zudem ist die Luft im Herbst in den Bergen am klarsten und die Fernsicht einmalig schön. In guten Tagen ist es möglich, von Kössen aus, das an der Grenze zu Deutschland liegt, das Bergmassiv des gewaltigen schneebedeckten Großvenedigers zu sehen. Wie jedes Jahr, so auch vor ca. 10 Jahren waren Monique und Joshua wieder in den geliebten Bergen. Dieses Mal aber während der Osterfeiertage. Wanderungen war diesmal jedoch nicht möglich, denn Monique hatte sich an der linken Ferse einen Fersensporn entfernen lassen. Nach 4–5 Tagen Müßiggang und kleinen Runden um den Walchsee hielt es Joshua nicht mehr in der Ferienwohnung. „Schatzi", bekundete er seiner Monique, „Schatzi, wie wäre es, wenn ich morgen alleine eine kleine Bergtour mache? Ich bring Dich zur Franzi und ihr beide könnt etwas in der Stadt bummeln oder so." Monique schaute kurz auf und murmelte: „Klar, geh doch". Es war ihr nie so recht, wenn Joshua sie alleine ließ. Gesagt getan, am nächsten Morgen, es war ein Samstag, fuhr Joshua zuerst Monique zur Franzi und dann in das Kaisergebirge. Dort angekommen betrachte er die angebrachte Wandertafel und entschied sich für den Aufstieg zur Fritz-Pflaum-Hütte auf ca. 1.900 Meter Höhe. Zuerst ging es gemächlich durch einen Waldweg, bis die Vegetation immer spärlicher wurde und die Felsen und das Geröll die Überhand übernahmen. Kurz vor der Fritz-Pflaum-Hütte wollte noch ein Schneefeld überquert werden. Zum Glück habe ich meine Wanderstöcke dabei, dachte sich Joshua und stapfte voller Tatendrank durch den Schneeharnisch. Bei jedem Schritt knisterte und knackte es unter den Bergstiefeln und Joshua war total bei sich und den

Bergen, sodass er gar nicht richtig wahrnahm, wie langgezogen das Schneefeld eigentlich war.

Endlich an der Hütte angekommen, blickte Joshua talabwärts und erschrak. Riesengroß und steil lag das Schneefeld vor ihm. Auf keinen Fall gehe ich da wieder runter, dachte sich Joshua. Ein falscher Schritt und das war es mit mir. Wie Joshua so sinnierte, gesellte sich ein einzelner Kolkrabe zu ihm und setzte sich neben eine einzeln auf dem Berg blühende Tulpe. Zumindest erkannte Joshua darin eine Tulpe. Komisch dachte Joshua, hier oben in all den Steinen eine einzelne gelbleuchtende Tulpe und ein schwarzer Kolkrabe. Er warf dem Vogel kleine Stückchen der Banane zu, die er sich als Proviant mitgenommen hatte, und vergaß Raum und Zeit, bis auf einmal, wie von Geisterhand, dunkle Gewitterwolken aufzogen. Jetzt wird's aber Zeit, dachte sich Joshua und machte sich auf, Talabwärts. Das Schneebrett versperrte den Weg, also musste

Joshua um die Hütte herum einen anderen Weg suchen. Langsam setzte er Fuß vor Fuß und sicherte sich mit den Stöcken ab. Der Weg wurde steiler und steiler und auf einmal geschah das Unmögliche. Joshua rutschte aus und stürzte in die Tiefe. Nach ca. 30 Metern fing ihn ein Latschenfeld auf. Joshua steckte mit allen Vieren zwischen den knorrigen Latschenzweigen und blutete aus allerlei Schürfwunden am ganzen Körper. Wie oft in solchen Situationen kommt ein Unglück selten allein. So auch hier. Das Mobiltelefon hatte keinen Empfang, die Getränkeflasche war zerborsten und der Rucksack mitsamt den Stecken weiter unten im Tal gelandet. „Hilft alles nichts", dachte sich Joshua, ich muss da runter, sonst ist es möglich, zu erfrieren. In den Monaten bis Mai kann es in den Bergen noch empfindlich kalt werden und strenger Frost ist keine Seltenheit auf fast 2000 Meter Höhe. Langsam, fast auf allen Vieren kriechend tastete sich Joshua voran, bis er an eine Steilwandverbauung mit

Stahlseilen geriet. Dort hangelte er sich Meter um Meter talwärts, um schließlich nach langen Stunden die bewaldete Region zu erreichen. Von da schleppte er sich mehr als er ging, weitere zwei Stunden zum Parkplatz, an dem er sein Auto geparkt hatte. Als er sein Auto erreicht hatte, war es mittlerweile fast 20.00 Uhr und die Dämmerung brach so langsam herein. Joshua fuhr zur Ferienwohnung und dachte dabei an das Glück, das er hatte. Jedes Jahr stürzen im Kaisergebirge Wanderer und Bergsteiger ab. Am Fuße des Kaisergebirges steht eine kleine Kapelle, in der die Fotos und Sterbebilder der Verunglückten zum stillen Gedenken angebracht werden. In dieser Kapelle war Joshua zu dieser Zeit schon öfter gewesen und hatte die Schicksale der meist jungen Leute mit Ehrfurcht betrachtet. Fast hätte ich jetzt hier auch einen Platz, dachte Joshua und fuhr die letzten hundert Meter heim zu seiner Monique. Daheim empfing ihn schon sehnsüchtig seine Monique. „Schatz, ich muss Dir etwas erzählen", brachte Joshua noch heraus. Dann umarmte er schluchzend seine Monique.

Die ersten körperlichen Ausfälle

Der letzte Urlaub, den Monique und Joshua verbrachten, ließ Joshua still erahnen, was noch alles auf sie beide zukommen würde. Monique hatte mittlerweile stark abgenommen und wog weniger als 40 kg. Joshua machte sich große Sorgen wegen Moniques Gewichts und suchte soweit es ging eine Möglichkeit, um ein wenig zu essen. Doch Monique verweigerte alles, was ihr Joshua bestellte. Ob Kuchen mit Sahne oder Würstchen mit Salat – stets verneinte Monique das Essen und erklärte das mit zu wenig oder keinem Hunger. Verzweiflung machte sich bei Joshua breit. Was konnte er denn nur tun, dass seine Frau etwas aß? Monique magerte immer mehr ab und trank fast nur noch. Moni, ich bring Dich ins Krankenhaus, drohte Joshua, er schimpfte und fluchte – doch alles half nichts. Die Hausärztin gab Tipps zur Ernährung, das Internet bot allerlei Möglichkeiten, doch Monique verweigerte stur fast jegliche feste Nahrungsaufnahme und trank nur noch. Na dann mach ich eben Kaba mit viel Pulver und Sahne, dachte sich Joshua und flößte Monique fortan fast puddingdicken Kaba ein. Den schien Monique zu mögen. Jedoch hatte dieses Getränk eine sehr unangenehme Nebenwirkung für Monique. Sie bekam eine fast betonharte Verstopfung von Joshuas Spezialgetränk und lief fortan Tag und Nacht im Halbstundentakt auf die Toilette. Bis zu jenem Samstag im Februar, an dem das „Unheil" seinen Lauf nahm. Monique saß wie fast immer zu dieser Zeit auf der Toilette und irgendwie war es doch gegangen. Jedoch hatte Monique vergessen, Toilettenpapier zu benutzen und sich wieder anzukleiden. Mit heruntergelassenen Hosen stand sie auf einmal im Flur vor der Toilette inmitten ihrer Hinterlassenschaft. Und bewegungsfreudig wie sie war, verteilte sie alles in WC, Flur und angrenzender Küche. Bis Joshua richtig merkte, was los war, war es bereits zu spät. „Moni du Ferkel", schrie Joshua, „was machst Du denn?" „Lass mich in

Ruhe", erwiderte Monique, „ich war nur auf dem Klo, sonst nichts." Joshua lief atemlos zu seiner Monique und versuchte, sie zu waschen und danach vollständig anzukleiden. Doch so einfach ließ seine Monique das nicht geschehen. Sie sträubte sich wie ein zorniges kleines Kind und schrie und fuchtelte wild mit den Armen. „Lass mich in Ruhe", schrie Sie aufgeregt. „Lass mich in Ruhe." „Ich kann mich selbst anziehen und waschen." Joshua war seinerseits auch in Rage und so schrien beide eine ganze Weile, bis sich Monique aus irgendeinem Grund beruhigte und fast teilnahmslos das Waschen und Ankleiden über sich ergehen ließ. „Komm mein Mausi", so nannte Joshua seine Monique sehr oft liebevoll, „komm mein Mausi, ich lege Dich ein wenig auf die Couch, dann kannst Du dich ein bisschen ausruhen." Mit diesen Worten führte Joshua Monique in das Wohnzimmer und bettete seine Monique auf die Wohnlandschaft. Kaum, dass Monique lag, schloss sie auch schon erschöpft die

Augen und döste weg. Joshua hingegen bewaffnete sich mit Putzeimer und Schrubber und beseitigte Moniques Hinterlassenschaften in Bad, Flur und Küche.

Endlich fertig brühte sich Joshua einen Kaffee und setzte sich in der frisch gereinigten Küche hin, um ebenfalls etwas Ruhe von der vorangegangenen Aufregung zu finden. Kaum saß Joshua jedoch und wollte einen Schluck des frischen Kaffees zu sich nehmen, klingelte es an der Haustür. Joshua lief so schnell er konnte zur Haustür, um ein weiteres Klingeln zu verhindern. Doch zu spät! Schon klingelte es ein zweites und drittes Mal. Joshua öffnete erregt und frustriert die Wohnungstür. Die Schwester eines Mieters blickte Joshua an und teilte ihm mit Unschuldsmiene mit, dass die Haustüre offenstand und ob er, Joshua, wisse, warum dies so sei. Joshua fuhr die Frau unwirsch an, dass ihm dies egal sei und er andere Sorgen als diesen Blödsinn hätte, da er gerade erst seine kranke Frau beruhigt und ins Bett gelegt hatte, um ein wenig Ruhe zu finden. „Tschuldigung", murmelte die Frau und schlich von dannen. Und mit Joshuas Ruhe war es erst einmal wieder vorbei. Denn seine Monique war wieder putzmunter, zumindest für die nächste Stunde. Ab diesem Tag klemmte Joshua die Klingel zu seiner Wohnung ab. „Wegen dieser Kleinigkeiten muss ich doch nicht immer wieder bei der Pflege meiner Frau gestört werden", murmelte er vor sich hin, als er das Kabel der Klingel mit dem Saitenschneider abzwickte.

Ausflug ins Freizeitgewerbe

Wenn Joshua etwas ärgerte, konnte er sehr resolut und endgültig sein. Genauso war er auch in seinen Entscheidungen im Leben. Resolut und endgültig wie seinerzeit, als er den Kauf der Seilbahn in Oberbayern einfädelte. Mit seiner Firma erwarb er kurzerhand ohne große Prüfungen und vor allem ohne Kenntnis der Umstände die GmbH einer Seilbahn nebst Seilbahn selbst und dazugehörendem Gasthaus. Gemeindemitglieder hatten ihn dazu animiert. Allen voran sein damaliger Vermieter, der führendes Mitglied im örtlichen Skiclub war, sowie der Leiter der örtlichen Sparkasse und nicht zuletzt der Bürgermeister der kleinen oberbayrischen Gemeinde. Und so wurden Joshua und Monique kurzerhand zu Lift- und Gastrobetreibern mit null Ahnung, aber für die Sache glühenden Herzen. Der Erwerb fand im Herbst vor ca. 20 Jahren statt und Joshua hatte sich vorgenommen, die Anlage in der kommenden Saison in Betrieb zu nehmen. Alle Honoratioren des Dorfes mit und ohne Sachverstand hielten dieses Vorhaben für ein vollkommen unmögliches Unterfangen. Stand die Seilbahn doch schon einige Jahre still und umfangreicher Reparaturstau war vorhanden. Das Liftlokal glich eher einer Rumpelkammer als einem Lokal und der insgesamte Eindruck der Anlage war eher als mitleidig zu betrachten. Doch „geht nicht" war in Joshuas und seiner Monique Wortschatz nicht vorhanden. Die beiden aktivierten Gott und die Welt und machten sich mit vielerlei Helfern an die schier unlösbare Aufgabe. Am 23.12. startet die Seilbahn und vorher wird das Lokal eröffnet, gab Joshua als quasi dauernden Tagesbefehl aus. Und tatsächlich wurde das vormals Unmögliche ins Machbare umgesetzt. Am 01. Dezember eröffneten Monique und Joshua das Liftlokal, dem sie den Namen „Schmugglerstube" gegeben hatten. Beide hatten noch nie vorher irgendwie in der Gastronomie gearbeitet und eröffneten um 18.00 Uhr das Lokal. Wohl aus Neugierde und Sympathie kam gefühlt das gesamte Dorf zur Eröffnung und im Nu war das Lokal mit seinen ca. 80 Sitzplätzen hoffnungslos überfüllt. Und Monique und Joshua waren hoffnungslos überfordert mit dem Ansturm der Gäste und der allgemeinen Tätigkeit eines Wirtes. Zwar hatten sie die Schwester von Joshua und deren Freund als Helfer zur Hand, doch hatten sie selbst fast keine Ahnung von den einfachsten Arbeiten im Lokal. Kurzum; es wurde ein chaotischer und turbulenter Abend, die Laune der Gäste schwankte zwischen Belustigung und Missmut (manch einer, der an diesem Abend protestierend mit den Worten ging: „Hier seht ihr mich nicht mehr." wurde zum lieben Stammgast). Die Wirtsleute und Helfer waren physisch und psychisch am Ende – aber es war trotz allem eine schöne und auch finanziell wunderbare „Eröffnungsfeier" gewesen. Drei Wochen später, schon am 21. Dezember, wurde die Seilbahn wie von Joshua geplant mit Pfarrer nebst Presse und vielen warmen Worten im eiskalten Schnee stehend eröffnet. Die ersten Gäste konnten nach vielen Jahren des Stillstands wieder auf ihren geliebten Geigelstein fahren und die rasanten Skiabfahrten genießen. Monique und Joshua standen engumschlungen im tiefen Schnee und schauten mit feuchten Augen auf ihr Werk. „Schatzi, das hätten wir mal wieder geschafft", flüsterte Joshua seiner Monique ins Ohr und gab ihr einen liebevollen Kuss.

Das Delir

Ob sie Moniques Erkrankung zusammen überstehen würden, bezweifelte Joshua von Tag zu Tag mehr. Es war mittlerweile auf den zu warmen Dezember ein bitterkalter Januar gefolgt. Monique wurde von Tag zu Tag konfuser und lief oft stundenlang in der Wohnung umher. Immer wieder wechselte sie ihre Kleidung, packte ihren roten Koffer, den sie wie einen besonderen Schatz hütete, und verstaute allerlei Sachen in allerlei Schränke und Schubladen ohne Sinn oder zumindest Ordnung. Joshua wurde zunehmend nervöser und immer öfter rief er nach seiner Tochter, die im ersten Stock des Hauses wohnte, damit diese sich ein paar Minuten um ihre Mutter kümmern sollte. Immer öfter schrie er seine Monique an, dass er sie jetzt aber wirklich in ein Heim geben würde, obgleich er kurz darauf seine Wutausbrüche zutiefst bedauerte und seine Monique wieder beruhigte. Fast alle in Joshuas Umfeld hatten ihm schon längst geraten, auch an sich zu denken und seine Frau in ein

Pflegeheim zu geben. „Früher oder später wirst du es tun müssen, dann kannst du es nicht mehr", lautete meist der sicherlich gut gemeinte Rat. Doch Joshua zögerte und beschwichtigte, dass es doch nicht so schlimm sei. Doch wenige Stunden später war er wieder an dem Punkt, an dem er seine Monique sofort und ohne Umschweife ins Heim bringen würde. So auch an jenem Tag Mitte Januar, an dem er abends um 22.00 Uhr seiner Monique wieder mal drohte, sie wegzubringen. Doch Monique scherte sich darum wenig und lebte impulsiv ihren Krankheitsschub aus. Joshua wählte mehr aus Zorn denn aus Fürsorge die Nummer des Notarztes und dieser stand wenige Minuten später vor der Tür. Moniques Tochter war mittlerweile auch von der oberen Wohnung nach unten gekommen und schilderte dem Notarzt die Situation. Wahrscheinlich ein Delir, konstatierte der Notarzt und verfrachtete mit den Sanitätern Monique in den Krankenwagen. Wir bringen Ihre Frau in die

Psychiatrie teilten sie Joshua und der Tochter mit und kurz darauf fuhren sie auch schon los. Joshua plagte indes das schlechte Gewissen. Was würde wohl mit seiner Monique jetzt geschehen? Gleichzeitig verspürte er aber auch eine Erleichterung darüber, dass die nächsten Tage ruhiger würden.

Nach zwei Tagen konnte Joshua seine Monique das erste Mal in der geschlossenen Abteilung der psychiatrischen Klinik besuchen. Er erkannte seine geliebte Frau fast nicht mehr. Mit allerlei Medikamenten intus glich seine Monique eher einem seelenlosen Wesen als seiner vor zwei Tagen noch resoluten Frau. „Mein Gott", fuhr es aus Joshua heraus, „mein Gott, was habt ihr mit meiner Frau angestellt?" Dicke Tränen kullerten über Joshuas Gesicht. „Was habe ich nur getan, mein Schatz?", stammelte er und nahm seine Monique in den Arm. Dabei bemerkte er, dass sie vollkommen eingenässt und eingekotet war. Joshua lief auf dem Flur auf und ab, um eine Schwester zu finden. Endlich sah er eine und erklärte dieser, dass seine Frau gewaschen werden müsse. Doch die Schwester meinte nur lapidar, dass für die Pflege der Patienten niemand zuständig sei und er es ja selbst machen könne. Joshua war mehr verwundert als verärgert und nahm seine Frau an die Hand und ging mit ihr in das Bad im Zimmer seiner Monique und duschte seine Monique. Danach kleidete er sie mit den mitgebrachten Wechselkleidern neu ein.

Das Gespräch mit dem diensthabenden Arzt fand anschließend statt. Joshua erfuhr, dass seine Frau fortan Medikamente gegen die Psychosen und Angstzustände nehmen müsse und seine geliebte Monique zur Einstellung der Medikation noch einige Tage in der Klinik bleiben sollte. Also fuhr Joshua nun jeden Tag mittags in die Klinik und versorgte seine Frau so gut er konnte. Er hatte zu dieser Zeit noch keinerlei Erfahrung mit der intensiven Pflege seiner Monique und wusste auch nicht, wie er es richtig anstellen sollte. Das Aus- und ankleiden war in diesen Tagen jedes Mal eine besondere Tortur für beide. Für Monique, weil sie sich heftig wehrte, und für Joshua, weil es ja irgendwie bewerkstelligen musste, ohne seiner Monique die Arme und Beine zu sehr zu verdrehen. Joshua ahnte zu diesem Zeitpunkt noch nicht im Geringsten, was die Pflege seiner Frau ihm noch alles abverlangen würde.

Dunkle Vorahnung

Es war zwei Jahre vor der ernsten Diagnose des Psychologen, als Monique und Joshua über die Wintermonate in den Süden fuhren. Joshua hatte schon im Sommer über das Internet eine Ferienwohnung für 6 Wochen in der Nähe von Alicante in Spanien gebucht. Der gesamte Jahresurlaub musste für diese Reise dran glauben. „In den Wintermonaten fahren wir nach Spanien, mein Schatz", verkündete er stolz seiner Monique. „Nur Sonne, Meer und uns, mein Schatz, mehr brauchen wir nicht." Mit einem großen Volvo Kombi, den Joshua extra für diese Reise gebraucht erworben hatte, sollte die Reise nach Spanien erfolgen. Anfang Januar ging die Reise los. Mehr als 1600 km lagen vor Monique und Joshua, der die Reise wie immer chaotisch vorbereitet hatte. Das lange Planen war Joshua gänzlich unbekannt. Wird schon werden, war seine Lebensdevise, die die Beiden die letzten 30 Jahre durch die Erlebnisse des Lebens geführt hatte. Kurz nach der deutschen Grenze in

Frankreich fuhr Joshua – wie meist – zu schnell und schon war die Reisekasse um einen nicht unerheblichen Betrag geschmälert. Von da an beachtete Joshua peinlich genau die Geschwindigkeitskontrollen, denn in Frankreich und auch in Spanien konnte der Führerschein schnell mal weg sein. Die Reise verzögerte sich in den Augen von Joshua erheblich wegen der vorsichtigen Fahrweise und so kam er erst spät am Abend an der spanischen Grenze an. Dort wollten die beiden in einem preiswerten Durchreisehotel übernachten. Es regnete und es war vollkommen finster in der kleinen Stadt und Joshua wurde von Mal zu Mal nervöser. Er konnte das gar nicht leiden. Etwas in Dunkelheit und bei Regen suchen – und das in einer ihm vollkommen fremden Stadt. So fiel ihm auch nicht auf, dass seine Monique schon eine ganze Weile wie stumm neben ihm saß. Auch als er das Hotel endlich fand und sie das Zimmer übernahmen, war Monique ungewohnt still und redete kaum ein

Wort. Joshua selbst war müde von der langen Fahrt und wollte nur noch schlafen. Seine Monique saß auf dem Bett und starrte teilnahmslos auf die Wand. „Monique", entfuhr es Joshua, „Monique, was ist los mit Dir?" „Tut Dir etwas weh?" Hast Du Hunger und Durst?" Monique wiegelte kurzerhand ab und legte sich ins Bett. „Komisch", dachte sich Joshua und legte sich ebenfalls schlafen, nicht ohne seiner Monique vorher noch einen Gutenachtkuss zu geben. Am nächsten Morgen war Monique wie ausgewechselt. Sie plapperte unentwegt und war sichtlich bemüht, ihren Joshua dazu zu bewegen, endlich loszufahren. Morgens um 7.00 Uhr fuhr Joshua los und Monique kommentierte fast alles, was sie sah während der Fahrt. Gegen 10.00 Uhr erreichten die Beiden die Gegend um Barcelona und Monique verfiel wieder in diese für Joshua ungewohnte Stille. Stundenlang redete Monique kein Wort und schaute nur teilnahmslos aus dem Fenster. Gegen Abend erreichten Joshua und

Monique die gebuchte Ferienwohnung in der Nähe von Alicante. Monique war immer noch sehr ruhig und teilnahmslos. „Vielleicht war ihr die Fahrt zu anstrengend", dachte sich Joshua und setzte sich müde auf das Sofa im Salon. Die erste Nacht in der Ferienwohnung war für Joshua ohne Schlaf. Sicher war er von der Fahrt noch zu aufgekratzt und nervös. Und Monique? Die schlief nach einem kurzen „Gute Nacht, Schatz" selig wie ein Engel.

Die Wochen im Urlaub in Spanien vergingen wie im Fluge. Die beiden waren jeden Tag stundenlang unterwegs und erkundeten die Umgebung. Dabei entdeckten sie ein Heim für Alzheimerpatienten mit einem großen Garten drumherum. Darin liefen ein paar ältere Männer und Frauen in sich gekehrt – so schien es – herum und ab und wann kam eine Frau im weißen Mantel und kümmerte sich um diese Menschen. „Mein Gott", entfuhr es Joshua. „Mein Gott, Moni, hoffentlich bleiben wir beide mal gesund im

Alter und landen nicht in einem solchen Heim." „Das wäre das Schlimmste, was uns passieren könnte." Joshua drückte seine Moni an sich und küsste sie zärtlich. „Mein Schatz, wenn uns das passieren sollte, dann bleiben wir zusammen, das verspreche ich Dir." Hatte Joshua da schon unbewusst eine Ahnung, was ihnen noch bevorstehen würde. War Moniques stilles und abwesendes Verhalten während der Fahrt nicht schon der erste Vorbote der folgenden schweren Erkrankung?

Der Uhrentest

Wieder in Deutschland angekommen ging das Leben von Monique und Joshua in gewohnten Bahnen weiter. Joshua ging seiner Arbeit als Handelsvertreter nach und Monique kümmerte sich um den Haushalt, wie eigentlich die ganze lange Zeit während ihrer Ehe. Die Kinder waren mittlerweile ausgezogen. Nur die Jüngste der vier Töchter war hin und wieder ein paar Wochen bei den Eltern zu Hause. Monique erledigte ihre Arbeiten stets gewissenhaft und war fast schon ein wenig zu ordentlich. Jedoch war es in den letzten Wochen irgendwie anders gewesen. Joshua, der an den Wochenenden gerne für beide kochte, suchte immer öfter verwundert nach den Kochutensilien, die doch eigentlich an ihrem Platz hätten sein müssen. Immer öfter entfuhr ihm ein genervtes „Monique, wo ist denn das Teil wieder?", wenn er etwas partout nicht finden konnte. Monique antwortete stets gleich lapidar. „Was weiß ich, wo die es wieder verschlampt hast?" So ging es eine ganze Weile und

Joshua teilte seinen Frust einem seiner Kollegen mit, der ebenfalls über die Schusseligkeit seiner Ehefrau lamentierte. Bis zu jenem Tag, als diese Ehefrau Zeuge des Gesprächs zwischen ihrem Mann und Joshua wurde.

„Mach doch mal einen Uhrentest mit Monique", sagte sie unvermittelt zu Joshua. „Ich arbeite ja in der Altenpflege und dort machen wir diese Tests mit Patienten, die so langsam schusselig werden." „Vielleicht ist Deine Monique ja krank." Joshua schaute die Frau seines Kollegen verwundert an und raunte: „Mal sehen, wenn ich heimkomme, kann ich es ja mal probieren." „Ich glaube aber nicht, dass Monique so einen Test mitmacht." Während der Fahrt nach Hause zu seiner Monique spukte der Uhrentestgedanke in Joshuas Kopf umher. Sollte vielleicht etwas dran sein, dass seine Monique eine Krankheit hat. Oder macht sich die Frau des Kollegen nur wichtig? Zuhause angekommen begrüßte Joshua seine Monique wie immer mit einem Kuss und tat so, als ob er nichts von diesem Test wusste. Aber wenn ein Gedanke mal im Kopf ist, geht er meist nicht mehr fort. Besonders wenn es um eine geliebte Person geht. Endlich fasste Joshua Mut und schlug seiner Monique vor, dass jeder einfach mal eine Uhr zeichnet. „Monique, komm, wir malen jeder einmal eine Uhr." „Ich will wissen, wer schöner von uns malen kann." Monique schaute Joshua verwundert an. „Was willst Du? Dass wir eine Uhr malen. Hast Du schon etwas getrunken unterwegs?" „Nein, Schatz", erwiderte Joshua, „ich will einfach, dass wir mal eine Uhr malen. Einfach so." Monique erwiderte seufzend mit einem ironischen Unterton: „Wenn's weiter nichts ist, von mir aus dann male ich halt eine Uhr, damit das Bubi ruhig ist." Und Monique malte eine Uhr, dessen Ergebnis Joshua erschaudern ließ. Was er da sah, war alles bloß keine Uhr. Es war ein eiförmiges Rund mit einigen Punkten am unteren Ende und zwei außerhalb des Kreises befindlichen Strichen. „Fertig", rief

Monique, „hier hast Du deine Uhr." „Zufrieden?" Joshua tat so, als würde er sich freuen, und gratulierte Monique mit einem Augenzwinkern, dass sie als erste fertig geworden war. Gleichzeitig war ihm aber angst und bange, was dieses Ergebnis wohl zu bedeuten hätte. Hatte die Frau des Kollegen doch von Demenz und Alzheimer gesprochen. Am nächsten Morgen in aller Frühe vereinbarte Joshua einen baldigen Termin mit einem Neurologen für seine Monique und tatsächlich bekam er einen sehr zeitnahen Termin. Bei diesem Termin wurde seine Monique zwei lange Stunden von dem Neurologen befragt und getestet. Joshua saß die ganze Zeit im Wartezimmer und wunderte sich, dass die Untersuchung gar so lange dauerte. Bis auf einmal seine geliebte Monique aus dem Sprechzimmer kam und Joshua mit roten Wangen und vollkommen aufgelöst zurief. „Schatz, ich habe Demenz, sagt der Doktor." Joshua erschrak bis ins Bein und beruhigte seine Monique. Beim anschließenden Gespräch mit dem Neurologen erfuhr Joshua dann, dass seine Monique schwer an Morbus Alzheimer erkrankt sei und er die nächsten 5 Jahre mit seiner Frau nutzen sollte, denn viel mehr würden es wahrscheinlich nicht werden. Auch ein weiterer, von Joshua konsultierter Arzt gab Joshua keine bessere Auskunft. Damals konnte Joshua nicht ahnen, dass beide Ärzte ziemlich genau das Zeitfenster fixiert hatten. Damals noch dachte Joshua, dass die Ärzte halt reden, er und seine Monique es aber viel besser wussten. Was könnte ihnen schon passieren? Wer oder was könnte dieses, ihr Glück schon zerstören?

Auslandserfahrungen

Das Glück der Beiden konnte wirklich nichts trüben. Übermütig wie ein junger Teenager beschloss Joshua damals vor vielen Jahren, mit seiner Monique ihr Glück im Ausland zu suchen. Im November ein Jahr zuvor waren sie auf einem Urlaubstrip auf den Kanarischen Inseln. Hier könnte ich es für immer aushalten. schwärmte Joshua seiner Monique am Strand liegend vor. „Sonne, Strand und Du, mein Schatz", flüsterte er seine Monique ins Ohr, während er sanft ihren Rücken mit Sonnenöl einrieb, ohne dabei immer wieder „versehentlich" ihre Brust und ihren Po zu berühren. Die beiden waren auch nach den langen Ehejahren immer noch stark aufeinander fixiert und die körperliche Liebe war immer noch ein fester Bestandteil in ihrem gemeinsamen Leben. „Mein Schatz, lass uns auf Gran Canaria ein Häuschen mieten und umsiedeln." „Hier kann ich mir ein Leben mit Dir für immer vorstellen." Flüsterte Joshua seiner Monique ins Ohr. Doch die war gar nicht angetan von dieser

„Schnapsidee", wie sie es nannte. „Dort haben wir keine Arbeit, kein Geld und keine Wohnung, du Witzbold", fuhr sie ihren Joshua etwas unwirsch an. „Schlag Dir das mal schön aus dem Kopf." Doch in Joshuas Gehirn pflanzte sich der Gedanke ein und wurde von Mal zu Mal stärker. Im folgenden Jahr feierten die beiden einen runden Hochzeitstag und Joshua schwärmte seiner Monique vor, wie schön es doch wäre, mit dem Auto nach Spanien zu fahren und dann mit der Fähre nach Gran Canaria zu schippern. „Dort bleiben wir dann ein paar Tage und fahren dann wieder zurück." Monique war wie immer, wenn es nach Spanien ging, hellauf begeistert und gab Joshua einen langen Kuss. „Natürlich, mein Liebling, das machen wir. Das wird bestimmt ein super Urlaub. Ich freue mich total."

Was Monique nicht wusste, war, dass Joshua heimlich ihre Umsiedlung nach Gran Canaria geplant hatte. Erst mal dort angekommen sollte ihre älteste Tochter die

Wohnung in Deutschland auflösen und die Möbel usw. verkaufen. Und sie beide würden für die nächsten Jahre auf der Insel bleiben. Zu diesem Zweck hatte Joshua bereits eine Wohnung auf Gran Canaria angemietet, sodass sie dort wohnen konnten. Und aus seinen Geschäften in Deutschland würde er noch einige Zeit Provisionen bekommen, um dort zu leben. Irgendwann würde er dann schon eine Arbeit auf Gran Canaria finden.

In einer Nacht um 3.00 Uhr im Oktober setzte die Fähre in Las Palmas de Gran Canaria an und Joshua fuhr mit seiner Monique ca. 50 km in die Stadt, in der er die Wohnung gemietet hatte. Dort angekommen fielen beide ins Bett, denn die Überfahrt mit der Fähre war laut und an Schlaf war nicht zu denken. Am nächsten Morgen weckten die Sonnenstrahlen die beiden und Monique strahlte heller wie die Sonne. „Endlich Urlaub, Schatzi", rief sie und lief übermütig auf den Balkon, von dem aus man das blau schimmernde Wasser des Atlantiks sehen konnte. „Lass uns ans Meer gehen, Liebling." Mit diesen Worten nahm sie ihren Joshua an die Hand und ging zur Wohnungstür. Rannte wie ein junges Mädchen die wenigen Stufen auf die Straße und lief so schnell, wie sie nur konnte, die ca. 200 Meter zum Strand. Dabei hatte sie ihren Joshua fest an der Hand, der Mühe hatte, mit ihrem Tempo Schritt zu halten. Die Wochen vergingen wie im Fluge und Anfang Dezember wollte Monique zurück nach Deutschland. Doch dies ging ja nicht mehr und Joshua hatte es bis dahin auch nicht gewagt, seine Monique in seinen Plan einzuweihen. „Schatzilein", säuselte Joshua sichtlich verlegen, „Schatzilein, ich muss Dir etwas gestehen, wir können nicht mehr zurückfliegen, denn wir haben keine Wohnung mehr in Deutschland. Jessi hat alle Möbel verkauft und die Wohnung ist bereits gekündigt. Ich wollte doch unbedingt mit Dir nach Gran Canaria und so wärst Du ja nicht mitgekommen." Monique fing unmittelbar nach

Joshuas Geständnis bitterlich an zu weinen und schrie Joshua an, so wie sie es vorher noch nie getan hatte. An diesem Abend schliefen die beiden das erste Mal in ihrer langen Ehe getrennt, obwohl sie in der gleichen Wohnung waren. Es gab kein Gutenachtbussi und kein Händchenhalten. Joshua fühlte sich wie ein geprügelter Hund und ging seiner Monique aus dem Weg, so gut er konnte. So wie nach jedem Gewitter die Sonne wieder lacht auf den Canaren, so war Moniques Ärger am nächsten Tag wieder fast verflogen. „Wie stellst Du dir das Leben jetzt hier vor, du Auswanderer?", Fragte sie sehr ironisch Ihren Joshua. Der war froh, dass seine Monique wieder ruhiger war als am Abend zuvor, und fing an zu erzählen. Ja, erzählen konnte er, war er doch jahrelang im Außendienst tätig. Joshua konnte einem Bauern eine Melkmaschine verkaufen und die einzige Kuh in Zahlung nehmen.

Im Frühjahr des folgenden Jahres pachtete Joshua auf Gran Canaria eine Strandbar und betrieb diese mit seiner Monique mehr recht als schlecht. Es lief immer gerade so gut, dass es zum nötigsten Leben reichte. Doch nicht genug. Monique wurde mit den Jahren immer depressiver und hatte Sehnsucht nach ihren Kindern. Die kamen zwar jedes Jahr zu Besuch, doch für Moniques Mutterherz schien dies zu wenig zu sein. Im 4. Jahr nach der Übersiedlung auf Gran Canaria waren die Ersparnisse der beiden fast nahezu aufgebraucht und am Heiligabend war das Familienvermögen bei 3 Euro angelangt. Joshua ging mit Monique wie jeden Abend am Strand spazieren und erblickte einen Bratwurststand, der noch offen hatte. Er wusste ja, dass seine Monique gerne eine solche Wurst mochte, und kaufte ihr kurzerhand diese Bratwurst. „Mein Schatz für dich zu Weihnachten, mehr gibt es heute Abend nicht. Und du musst sie ganz alleine essen. Mir ist nicht gut. Ich habe überhaupt keinen Hunger." Mit diesen Worten drückte er seiner Monique die Bratwurst in die Hand. Das ihm das Wasser im Mund zu einem Gaumenaquaplaning wurde, ließ er sich nicht anmerken, vielmehr freute er sich, wie seine Monique genussvoll dieses Festmahl verspeiste. Wieder zuhause angekommen überreichte Joshua seiner Monique ein Briefkuvert mit den Worten „Für dich Schatzi, zu Weihnachten". Monique war etwas betrübt, denn sie hatte ja kein Geschenk, woher und mit welchem Geld auch. Neugierig öffnete sie das Kuvert und zog ein Blatt Papier heraus. Darauf stand nur ein Satz. „Im Frühjahr gehen wir zurück nach Hause." Monique war so überwältigt, dass ihr die Tränen wie ein Wasserfall in die Augen schossen, und Joshua konnte sich auch nicht bremsen. So standen beide engumschlungen da und weinten, was das Zeug hielt. Irgendwo in der Wohnung hatte Joshua noch eine Flasche des preiswerten Rotweins versteckt und diese holte er nun hervor. „Schatzi, und jetzt feiern wir das letzte Weihnachten auf den Canaren. Komm auf den Balkon. Es ist noch herrlich warm draußen." Der kleinen Weihnachtsfeier der beiden auf dem Balkon folgte eine der leidenschaftlichsten Nächte, die die beiden bisher erlebt hatten. Das Schönste jedoch war für Joshua, dass die Depressionen seiner Monique am nächsten Morgen vollkommen verschwunden waren. Sie strahlte wieder wie früher und war so glücklich wie lange nicht mehr.

Joshua hingegen grübelte, wie er wohl sein Versprechen einlösen könnte. War die Kasse doch leer und der Flug nach Deutschland usw. recht teuer. Obwohl er nie seine Kinder um Geld bitten wollte, tat er dies dann doch. Die Kinder waren von der Idee zurückzukommen hellauf begeistert und übernahmen die Rückreisekosten komplett. Mitte März ging es zurück und die beiden Auswanderer wurden von allen vier Töchtern am Flughafen mit einem riesengroßen Plakat begrüßt. „Herzlich willkommen, ihr Inselaffen" stand da in bunten Lettern drauf. Alle lagen sich mehr weinend als lachend in den Armen und herzten sich. Sie waren wieder zuhause. Dort gehörten sie letztlich auch hin. Nur Joshua brauchte diesen Umweg, um dies zu begreifen.

Immer größere Ausfälle

Mittlerweile waren mehrere Monate nach der Diagnose der Alzheimererkrankung von Monique vergangen. Fast unmerklich nahm die Krankheit ihren Lauf. Monique wurde immer unkonzentrierter und verbrachte teilweise stundenlange Nachmittage in ihrem Gruschtelzimmer, wie sie es selbst nannte. Da Joshua ja sein Büro hatte, bestand Monique auch auf ein eigenes Zimmer, eben dieses Gruschtelzimmer. Es war um die Herbstzeit, als Monique fröhlich verkündete, dass sie für alle 4 Töchter einen Pullover zu Weihnachten stricken wollte. „Schatz", bekniete sie Ihren Joshua, „Schatz, ich brauche unbedingt Wolle und Stricknadeln und noch dies und noch das dazu." Wenn es um Haushaltssachen ging – für Joshua waren alles Haushaltssachen, wenn es nicht für sein Büro war – war er stets etwas mürrisch und wollte nicht so recht sein Geld dafür ausgeben. Monique wusste dies seit mehr als 35 Jahren und hatte so ihre Techniken, ihrem Schatz das Geld dafür

abzuschwatzen. „Okay", gab Joshua leicht genervt nach, „okay, wir fahren in die Stadt und du kaufst Dir, was du zum Stricken brauchst." Monique kaufte Berge von Wolle und etliche Stricknadeln aller Längen und Stärken. Kaum wieder zu Hause begann sie mit ihrem neuen Projekt. Pullover für Weihnachten. Die Tage und Wochen vergingen und Joshua fragte hin und wieder nach dem Fortschritt der Strickarbeiten. Monique gab stets zum Besten, dass alles seinen Gang ging und sie bald mit dem zweiten oder dritten Pullover anfangen würde. Mittlerweile war es ein paar wenige Wochen vor Weihnachten geworden und Joshua kam überraschend in Moniques Zimmer, um sich vom Ergebnis der Strickarbeiten zu überzeugen. Da saß seine Monique vor einem Wust von Wolle, die am Boden lag, und einem gestrickten Streifen in der Hand, aus dem sie scheinbar endlos einen Faden zog. „Ich muss das nochmal aufdröseln, Schatz, irgendwie habe ich mich da verhauen. Aber nachher bin ich bald
128

fertig." Joshua blickte etwas entgeistert auf die Szenerie und wollte einen oder zwei Pullover sehen, denn die mussten ja schon längst fertig sein. Doch außer dem Wollknäuel und weiteren Wollknäueln konnte Monique nichts vorweisen. Bitterlich weinend gestand sie ihrem Joshua, dass sie es einfach nicht hinbekommt, weil die Wolle so schlecht sei und die Stricknadeln die falschen sind. „Schon gut, mein Schatz", beruhigte Joshuas seine Monique, „das kann ja mal passieren. Weißt du was: morgen früh fahren wir in die Stadt und da kaufst du den Mädels einfach eine Kleinigkeit zu Weihnachten und die Pullover gibt es dann halt nächstes Jahr." Monique beruhigte sich schnell und bekräftigte Joshuas Aussage, dass es nächstes Jahr Pullover geben würde. Bis dahin hätte sie ja auch noch mehr Zeit für diese große Arbeit. Joshua jedoch wusste insgeheim, dass es niemals mehr selbstgestrickte Pullover von seiner Monique geben würde.

Zwei Wochen vor Weihnachten begannen die beiden aus alter Gewohnheit Kekse für Weihnachten zu backen. Moniques Spezialität waren Zimtsterne. Diese buk sie mit einer Hingabe, wie sonst wahrscheinlich nur Spitzenkonditoren arbeiten. Joshua war noch unterwegs und Monique begann bei Anbruch der Dämmerung mit ihrer Spezialität. Als der Teig für Monique fast fertig war, kam Joshua zurück und begrüßte seine Monique freudig in der Küche. „Na Schatz, gibt es heute noch die berühmten Zimtsterne von Dir zum Schnabulieren?" „Nichts da", lachte Monique, „die gibt es erst zu Weihnachten. Aber heute klappt es nicht. Die Nüsse sind irgendwie zu weich. Ich bekomme den Teig einfach nicht hin." Joshua schaute in Moniques Rührschüssel und tatsächlich war es mehr eine Suppe als ein Teig. „Was hast Du denn gemacht, Schatz?", fragte er seine Monique und die erklärte bestimmt, dass sie wisse, wie man einen Zimtsternteig macht. „Also 14 Eiweiß, 250 gr. Staubzucker und

250 gr. Haselnüsse. Ist doch einfach. Ich mach das schon immer so." „Aha", zog Joshua die Augenbrauen hoch, „meinst du nicht, dass es zu viel Eiweiß ist oder zu wenig Zucker und Nüsse?" Monique wurde sichtlich erregt und schrie Joshua fast an, dass sie wisse, wie man backt, und er solle sich aus der Küche schleichen. Und Joshua? Der nahm seine Monique in den Arm und erklärte ihr langsam und behutsam, dass sie ja noch ein paar Nüsse reingeben könnten und ein wenig Zucker. So wurde der Teig immer mehr und immer mehr und dieses Weihnachten gab es Zimtsterne satt.

Weihnachten früher

Weihnachten war für Monique und Joshua immer das schönste Fest des ganzen Jahres. Zu ihrem ersten gemeinsamen Weihnachtsfest hatten sie von Moniques Mutter eine besonders schöne Weihnachtsbaumkugel bekommen. „Unser erstes Weihnachten" verziert mit zwei goldenen Ringen steht auf dieser Kugel und jedes Jahr wird diese von Joshua an einem der obersten Zweige des Christbaums angebracht. Überhaupt ist das Christbaumschmücken seit eh und je Joshuas Aufgabe gewesen. Und diese Aufgabe nahm der mit Verve wahr. Einmal gar hatte er den komplett geschmückten Baum einige Stunden vor der Bescherung abgeschmückt und einen neuen Baum gekauft. „Ich ärger mich doch nicht die nächsten zwei Wochen mit dem Gerippe", war seine lapidare Antwort auf Moniques Einwand, der Baum sei doch so auch schön. Nach den Weihnachtstagen fuhren die beiden mit ihren Mädchen zu früheren Zeiten immer gerne nach Österreich zum Schlittenfahren. Skifahren

konnten da beide noch nicht. Aber Schlittenfahren mit den Kindern ging immer. Natürlich buchte Joshua stets ein komfortables
Hotel und darin zwei Zimmer nebeneinan-
der. Eins für die Mädchen und eins für seine
Monique und sich. Wollte er doch auch im
Urlaub ungestörte romantische Nächte mit
seinem Schatz verbringen. Hin und wieder
lud er auch seine Schwester und deren Familie ein, die dann meistens nach Silvester für
ein paar Tage ebenfalls in dieses Hotel kamen.

Es war gerade Abendessenszeit und die
ganze Familie saß zu Tisch, als der Kellner
Joshua bat, ans Telefon zu kommen. Dort berichtete Joshuas Bruder, dass der Mann ihrer
Schwester beim Einladen der Koffer für die
Reise nach Österreich einen Herzinfarkt bekommen hatte und mit erst 42 Jahren verstorben war. Kreidebleich kam Joshua
zurück zum Tisch und flüsterte seiner Monique ins Ohr, sie solle mit ihm kurz nach
draußen gehen. Dort erzählte er ihr von der

schrecklichen Nachricht. Am nächsten Morgen fuhr Joshua mit Monique zurück nach Deutschland. Die Mädchen blieben im Hotel, in dem auch ein Familienfreund zu Urlaub weilte. Joshua bat diese Familie auf die vier Mädchen aufzupassen, er würde sie in drei, vier Tagen abholen. In Deutschland angekommen gingen die beiden auf die Bestattung des Schwagers und kümmerten sich um die Schwester von Joshua und die beiden kleinen Kinder der beiden. Bereits im Februar stellte Joshua seine Schwester in seiner Firma an, damit diese wieder eine Existenz hatte. Er wollte ihr keine Almosen geben, sondern eine Aufgabe. Viele Jahre war Joshuas Schwester eine fähige und geachtete Mitarbeiterin in der Firma.

Mittlerweile ist die Schwester von Joshua ebenfalls – an einem Heiligen Abend – verstorben und ihre beiden damals noch kleinen Kinder haben sich zu prachtvollen Menschen entwickelt. Beide stehen fest im Leben und haben Familie. Die beiden Eltern wären sicherlich sehr stolz auf sie.

Einsamkeit greift um sich

Früher, als Monique noch vollkommen gesund war, hatten die beiden einen großen Freundeskreis. Jeder wollte mit Ihnen zu tun haben. Monique und Joshua wurden auch gerne eingeladen zu allerlei Festen wie Geburtstagen, Sommerfesten usw. Doch seit Monique an Alzheimer erkrankt war, wurden die Einladungen stets weniger, bis sie eines Tages fast gänzlich versiegten. Auch Einladungen von Joshua wurden immer weniger angenommen. Der Ausreden gab es viele. Am meisten aber schmerzte es, wenn es hieß: „Wir wollen Moni so im Gedächtnis behalten, wie sie war." Oder „Ach Moni bekommt es doch nicht mehr so richtig mit." Dagegen waren das „Wir haben gerade da keine Zeit" und „Es ist ja doch weit zu euch" die humaneren Ausreden. Eine Alzheimererkrankung ist höchstwahrscheinlich sehr ansteckend, mutmaßte Joshua deswegen oftmals sarkastisch, wenn wieder einmal ein Treffen mit ihnen abgesagt wurde. Da sich die Krankheit bei Monique immer mehr durch ihr Verhalten Dritten gegenüber manifestierte, wurde es auch immer schwieriger, Bekannte und Verwandte selbst zu besuchen. Monique, die früher in jungen Jahren die Kinder großzog und sich um Haus und Garten kümmerte, damit es die Familie schön hatte, war auch jetzt in der Krankheit bestrebt, alles aufzuräumen, so wie sie es ihr Leben lang tat. Da konnte es auch einmal passieren, dass sie in ihr wildfremden Haushalten begann, die Dinge nach ihrem Verständnis zurechtzurücken. Eine gute Freundin der beiden hatte in ihrer Junggesellenwohnung allerlei Figuren und ähnliche Dinge zur Verschönerung ihrer Wohnung drapiert. Monique schien die Anordnung jedoch gar nicht zu gefallen, und so lief sie in der Wohnung hin und her und räumte nach ihrem Gusto auf. Nun, die Freundin nahm es mit Humor, konnte sie Monique doch recht gut leiden und verstand auch die Auswirkungen ihrer Erkrankung. Doch dieser Besuch war leider einer der ganz wenigen in den letzten Jahren gewesen. Ein weiteres Manko wurde Moniques zunehmende Inkontinenz. War es ihr zuerst nur manchmal passiert, dass sie das WC nicht rechtzeitig erreichte, wurde dies in kürzester Zeit zur Vollinkontinenz. Und es ist leider nicht so, dass viele Menschen damit umgehen können. Zudem sind die heutigen Sitzmöbel sehr oft mit Velours oder anderweitigem Stoff bezogen und eine Inkontinenz kann da schon zumindest ein Malheur anrichten. Kurzum, dies alles führte dazu, dass es um Monique und Joshua sehr einsam wurde und sie fast nicht mehr besucht wurden oder gar selbst Besuche unternehmen konnten. Aha, dachte sich Joshua in solchen Momenten: Alzheimer ist nicht nur ansteckend, sondern es macht auch noch einsam. Mal sehen, was als Nächstes auf uns zukommt.

Beginn der Tagespflege

Einige Wochen nach Moniques Zusammenbruch und ihrem Aufenthalt in der psychiatrischen Klinik wurde die Belastung für Joshua immer größer und er kam immer öfter an den Rand seiner Belastbarkeit. „Bring die Moni doch in ein Heim, dort ist ihr und Dir am besten geholfen", hörte er immer öfter von der Mehrheit seiner Verwandten und Bekannten. Doch seine geliebte Monique in ein Heim zu bringen, war für Joshua keine Option. Allein bei dem Gedanken sträubte sich alles in ihm. Sicher, sie ging ihm gewaltig auf die Nerven, wenn sie mal wieder nahe einem Delir war, und ja, auch bat er den Herrgott inständig, endlich seine Frau zu holen, damit er seine Ruhe hätte, endlich seine Ruhe. Aber diese Phasen dauerten nur kurz und danach bekräftigte Joshua wie immer in den letzten Monaten und Jahren: „Meine Frau kommt in kein Heim und damit Basta", um am nächsten Tagen seiner Monique wieder vollkommen entnervt zu drohen, dass er sie jetzt aber wirklich in ein Heim geben würde. In dieser Phase der Erschöpfung riet ihm eine seiner Töchter, es doch mal mit einer zeitweisen Pflege zu probieren. Da könnte die Mutter dann ein paar Stunden unter Aufsicht sein und er könnte sie abends wieder abholen. Das wäre doch was, wenn es manchmal ein paar Stunden ruhiger würde. In der gleichen Zeit wurde Moniques Vater, der nach fast 90 Lebensjahren an Altersdemenz erkrankt war, von Moniques Schwester, die mit ihrer Familie im Haus des Vaters wohnte, zur Probe in eine Tagespflegeanstalt an zwei Tagen die Woche gebracht. Joshua telefonierte sehr oft mit dieser Schwester und klagte ihr immer wieder sein Leid mit Monique, was die Schwester stets geduldig anhörte und hin und wieder ein paar gute Ratschläge gab. Hatte sie doch fast den gleichen Fall zu Hause. „Joshua, probiere doch einmal die Tagespflege bei euch vor Ort aus, vielleicht gefällt es ja Monique und du hast ein paar Stunden für Dich. Du bringst ja Monique nicht ins Heim, du sorgst nur dafür, dass sie an manchen Tagen für ein paar Stunden versorgt ist, während der Du auch mal was für Dich machen kannst." Joshua zögerte wie immer und sagte dann aber zu, sich gleich am nächsten Tag, um eine Tagespflege zu kümmern. Am nächsten Morgen suchte er mit seinem Smartphone in einer Suchmaschine nach einer geeigneten Tagespflege und fand auch bald eine. Ein kurzer Anruf erfolgte und schon hatte er einen Besuchstermin in den nächsten Tagen. Doch wie sollte er es seiner Monique beibringen, dass sie nun vielleicht an manchen Tagen ohne ihn sein würde? „Schatzi", schwindelte Joshua seiner Monique vor, „Schatzi, ich habe gehört, die suchen dort eine Hilfe im Haushalt und du willst so gerne alles aufräumen. Weißt du was? Demnächst fahren wir mal dorthin und dann kannst Du dir mal anschauen, ob das was für Dich ist. „Klar doch", erwiderte Monique nicht ohne Stolz, „ich will ja schon lange wieder was arbeiten. Von mir aus gerne. Und ein bisschen was verdiene ich da ja auch." Joshua blickte seine Monique staunend an. War das wirklich dieselbe Frau, die er vor ein paar Stunden noch aufs WC gebracht hatte? Die vor wenigen Minuten noch den Küchenstuhl durchs Zimmer schob? Alzheimer kann so hinterhältig sein. Innerhalb kürzester Zeit wechselt es von fast normal zu total verwirrt, dachte sich Joshua total resignierend.

Der Termin in der Tagespflege war erfolgt und Monique blieb am ersten Tag für ein paar Stunden alleine dort. Gegen Abend machte sich Joshua auf den Weg, um seine Monique wieder abzuholen. Da stand sie schon mit weit geöffneten Armen und wartete auf ihn. „Schatz, endlich kommst Du und holst mich ab. Ich habe den ganzen Tag geschuftet und jetzt bin ich müde. Komm, wir fahren heim." „Gleich mein Schatz", antwortete ihr Joshua. „Ich muss nur noch kurz mit der Chefin reden, wie es so war. „Alles in Ordnung mit Monique, wir glauben, ihr gefällt es hier ganz gut, oder Moni?" teilte die Pflegefachkraft Joshua mit und blickte mit einem Lächeln Richtung Monique, die das Lächeln strahlend erwiderte. „Ok, dann bis zum nächsten Mal übermorgen", verabschiedete sich Joshua von der Pflegkraft und dachte bei sich. „Gott sei Dank hat es geklappt." Dann habe ich ja übermorgen wieder ein paar Stunden frei. Ab diesem Tag ging Monique jede Woche ein paar Tage für ein paar Stunden in eine Tagespflege.

Angst um die Lieben

Früher war es für Joshua fast unerträglich gewesen, dass seine geliebte Monique an mehreren Tagen in der Woche unterwegs war. Zu sehr hatte er sein gesamtes Leben auf sie fixiert. Es ging fast so weit, dass er Angst hatte, seiner Frau könnte etwas passieren, wenn sie nur auf dem Weg zum nahegelegenen Supermarkt war. Mit Grausen und unter der Vorstellung der schlimmsten Unfälle ließ er Monique alleine mit ihrem Auto fahren. Es könnte ja immer irgendwas passieren und dann, ja was dann? Diese Sorgen beschäftigen Joshua so sehr, dass er diese Sorgen auch auf seine 4 Töchter projizierte. Auch ihnen konnte ja jederzeit ein Unglück geschehen und er wäre dann machtlos, dies zu verhindern. Das Gedankenkarussell drehte sich fortwährend in seinem Kopf und er malte sich die schlimmsten Situationen in seiner Vorstellung aus. Eines Nachts vor etlichen Jahren war es dann so schlimm, dass Joshua vor lauter Ängsten und Sorgen, die er sich um seine Familie machte, in ein

148

Krankenhaus fuhr. Er dachte, dass er verrückt werden würde und vielleicht nicht mehr in der Lage sei, sich unter Kontrolle zu halten. Im Krankenhaus angekommen redete er wirres Zeug und war total außer sich. Es würde etwas mit seiner Familie passieren und er könne nicht helfen, stammelte er unter Tränen. Nun, die Pfleger beruhigten Joshua mittels Medikamente und fixierten ihn zu Sicherheit auf einem Krankenbett. Am nächsten Morgen bekam Joshua von einem Nervenarzt Besuch, der sich eindringlich mit ihm unterhielt. Seine Diagnose lautete auf eine Art von Zwangsgedanken, die ihn, Joshua, immer wieder heimsuchen würden. Jedoch beruhigte ihn der Arzt, sei dies zwar unangenehm in der Situation, wenn diese Störung auftritt, aber nicht sonderlich schlimm und im Übrigen durch Therapie zumindest kontrollierbar. „Und woher kommt sowas?", fragte Joshua unsicher den Arzt. „Bin ich etwa verrückt geworden?" Der Arzt beruhigte wieder und erklärte Joshua, dass es bei zu starker Belastung in Familie, Beruf usw. schon mal vorkommen kann, dass die Nerven sich nicht mehr beruhigen lassen. Und dann kommen manchmal solche Zwangsgedanken oder Zwangshandlungen. Mit etwas mehr Ruhe in Zukunft und der richtigen Therapie wird das in den allermeisten Fällen wieder. Joshua, der damals in einer politischen Partei ein paar Ämter übernommen hatte und auch in seinem Landkreis für diese Partei kandidierte, trat in den folgenden Wochen von all seinen Ämtern zurück und reduzierte auch seine berufliche Tätigkeit. In der so gewonnenen Freizeit kümmerte er sich wieder mehr um seine kleine Familie und so langsam und sicher wurden die psychischen Probleme immer kleiner. Es sollte jedoch viele Jahre dauern, bis sie ganz verschwunden waren.

Schluckprobleme

Ach, würde doch die Alzheimererkrankung meines Lieblings ebenso verschwinden, wie meine Zwangsgedanken verschwunden sind, haderte Joshua in den letzten Jahren immer wieder. Der Gesundheitszustand seiner Monique verschlechterte sich von Monat zu Monat. Zu der Abnahme der geistigen Fähigkeiten gesellte sich wieder die Weigerung, feste Nahrung zu sich zu nehmen. Egal, was Monique angeboten wurde, sie verweigerte das Essen so vehement, dass sie in kurzer Zeit auf weniger als 36 kg abmagerte. „Monique, ich bring Dich jetzt ins Krankenhaus zur künstlichen Ernährung", drohte Joshua immer wieder. Doch es half alles nicht. Sie aß keinen Bissen. Der Hausarzt von Monique versuchte auch alles, was ihm möglich war, Monique zum Essen zu bewegen. Doch nichts half. So planten Moniques Arzt und Joshua, dass Monique in den nächsten Tagen in die Klinik zur Untersuchung und ggf. künstlichen Ernährung überstellt werden sollte. Durch Zufall traf Joshua am nächsten Tag seinen eigenen Hausarzt und erzählte ihm von seinen Sorgen mit Monique und der wusste Rat. Er übergab Joshua eine Telefonnummer von einer Ernährungsberaterin mit dem Hinweis, dass die sicher helfen könne. Am gleichen Tag rief Joshua dort an und am nächsten Tag war das Gespräch in Joshuas Wohnung. „Geben Sie Ihrer Frau jeden Tag 5 bis 6 Flachen von diesem Saftgetränk", riet sie Joshua. „Dann nimmt Ihre Frau je Flasche 300 Kcal zu sich und trinkt auch genug." Und in ein paar Wochen sieht es wieder ganz gut aus. Ich stelle einen Antrag bei Ihrer Krankenkasse, dass sie die Kosten für diese Nahrung übernimmt. Joshua bedankte sich aufrichtig bei der Ernährungsberaterin und begleitete sie nach der Verabschiedung zu ihrem Fahrzeug. „Hier haben Sie mal ein paar Flaschen für die nächsten Tage", mit diesen Worten übergab sie Joshua einen ganzen Karton mit 24 Flaschen. Joshua zierte sich, diese Flaschen anzunehmen, doch die

Frau bestand darauf. Und so bekam Monique kurze Zeit später das erste Fläschchen von Joshua im Becher serviert. Monique nahm erst einen ganz kleinen Schluck davon und trank dann in wenigen Zügen den gesamten Becher leer. „Gott sei Dank", dachte Joshua überglücklich. Auf einen Schlag 300 Kcal. Hoffentlich trinkt sie das weiter und wir können die künstliche Ernährung sein lassen.

Monique nahm nun jeden Tag zwischen 5 und 6 dieser Fruchtgetränke zu sich und so langsam kam auch das Gewicht wieder zurück. Voller Freude notierte Joshua jedes Gramm Zuwachs und achtete streng darauf, dass Monique ihre Rationen unter seiner Aufsicht zu sich nahm. Auch in der Tagespflege bekam Monique jetzt unter Aufsicht dieselbe Nahrung. Sicher bedingt durch das Gruppenverhalten bei den Essenszeiten in der Tagespflege aß Monique auch so langsam mit den anderen Patienten mal kleine Stücke Brot, ein Stück Kuchen oder

154

auch mal eine Suppe bzw. ein püriertes Essen, welches die dortigen Pflegekräfte mit viel Geduld und liebevoller Zuwendung an Monique verfütterten. Es schien fast so, dass Monique durch ihr sehr zierliches Erscheinungsbild der Liebling oder das Nesthäkchen bei den Pflegern und Mitpatienten in der Tagespflege war.

Joshua wollte für diese liebevolle Behandlung seiner Frau etwas an die Pflegeeinrichtung zurückgeben. Er bespielte seit ein paar Jahren eine steirische Harmonika für den Privatgebrauch und zuweilen auch auf kleinen Festen unter Freunden. „Da könnte ich doch auch mal in der Tagespflege ein kleines Konzert geben", dachte er sich und bot sein Engagement bei der Heimleitung an. „Natürlich, Musik geht immer", mit diesen Worten bekam Joshua das OK. Ab da spielte Joshua anfangs nur sporadisch und später einmal in der Woche in der Tagespflege die altbekannten Volkslieder bei den Patienten vor. Die dort mehrheitlich älteren Patienten nahmen das Angebot liebend gerne an und zuweilen war es fast ein kleiner Chor, der da zusammen musizierte.

Was wäre, wenn...

Schon als Kind wollte Joshua Musiker oder gar Schauspieler werden. Mit den Eltern und vielen Geschwistern war er von der großen Stadt Augsburg in ein kleines schwäbisches Dorf gezogen. Vor mehr als 50 Jahren war das Dorfleben noch ein wirkliches Dorfleben. Allein die Hauptstraße war einigermaßen asphaltiert. Alle anderen Straßen und Wege glichen eher Feldwegen, die schon lange nicht mehr gepflegt wurden. In diesem Dorf gab es damals eine Schulmeisterei mit großen Fenstern, die von einer dicken Sandsteinmauer eingefasst waren. Ebenso war der tiefe, große Fenstersims, auf dem es sich vortrefflich sitzen ließ. Jeden Mittwoch oder war es Donnerstag? spielte in dieser Schulmeisterei ein schon älterer Herr an einem Klavier seine vielleicht selbst komponierten Lieder und Joshua hörte ihm zeitvergessen zu. Es konnte vorkommen, dass er vor lauter Musik die Zeit vergaß und zu spät nach Hause kam, wo die Mutter schon sehnsüchtig wartete und der Vater mit

158

hochgezogenen Augenbrauen daran erinnerte, dass es pünktlich Abendessen gibt und alle Kinder zu dieser Zeit anwesend sein sollten. Manchmal gab es auch eine oder zwei Ohrfeigen vom Vater, wenn die Zeit und die Nerven des Vaters zu stark strapaziert wurden. Doch Joshua kümmerte sich um dies recht wenig, wenn er dem Klavierspieler zuhörte. Dann versank er in seinen Träumen und malte sich aus, wie er von seinen zukünftigen Gagen seinen Eltern ein großes Haus bauen könnte und sie alle ein wenig dem kargen Leben entfliehen könnten. Doch Träume sind leider Schäume und aus der Karriere im Showbusiness wurde nichts, zumindest bis jetzt. Vielleicht wird es ja noch, was mit der Schauspielerei kokettierte Joshua immer wieder, wenn er Musik im Pflegeheim machte. Er hatte sich auch das Equipment eines Clowns und Zauberers angeschafft und zuweilen spielte er auch den Clown oder den Zauberer im Pflegeheim, natürlich auch den Nikolaus und was es sonst noch so für Figuren gibt, um den Menschen im Spiel eine Freude zu machen.

Monique war früher immer ganz glücklich, wenn ihr Joshua den Clown spielte oder den Kindern und auch Erwachsenen seine Zaubertricks präsentierte. Stets war sie mit von der Partie und erfreute sich an den Darbietungen. Doch in letzter Zeit verblasste diese Freude mehr und mehr und wich einem fragenden, unverständlichen Blick. Es schien, als würde sie nichts mehr verstehen oder als würde ihr all das, was ihr früher Spaß und Freude bereitete, irgendwie fremd geworden zu sein. Bei gemeinsamen Spielen wie Mensch Ärgere Dich nicht gab sie mürrisch nach ein paar wenigen Runden auf. Eine eigens für sie von Joshua angeschaffte Katze mit verschiedenen Bewegungsmodi legte sie nach wenigen Tagen achtlos zur Seite. Auch verschiedene Spiele und Musikinstrumente für an Alzheimer erkrankte Patienten konnten ihr Interesse kaum wecken. Joshua versuchte wieder und wieder, seiner

Monique etwas zu präsentieren, mit dem er ihr Interesse wecken könnte. Doch es schien, als gäbe es nichts mehr, mit dem er seiner Monique eine Freude bereiten würde. Selbst den Plüschteddy, den er seiner Monique seit vielen Jahren pünktlich zum Hochzeitstag mit einem großen Strauß roter Rosen überreichte, nahm sie zwar sichtlich freudig entgegen, legte ihn aber genauso schnell achtlos auf das Sofa. Plüschteddys bekam Monique seit mehr als dreißig Jahren von Joshua zum Hochzeitstag. Damals war Joshua immer etwas nervös und bruddelte oft vor sich hin. Da hatte Monique den Einfall, Joshua ab sofort als Brummbär zu betiteln. Ja und Joshua schenkte daraufhin seiner Monique jedes Jahr einen neuen Plüschteddy, je nach seiner momentanen Verfassung, wie er betonte. Und so wurde es mit den Jahren eine umfangreiche Gruppe von verschiedenen Bären, die allesamt auf der großen Wohnlandschaft Platz nahmen, sehr zur Freude der Enkel und der Kinder von

Bekannten und Freunden, die früher noch oft zu Besuch kamen.

Körperliche Schwäche

Moniques einzige sichtliche Freude war noch das Spazierengehen mit ihrem Joshua. Jeden Abend liefen die beiden ca. 500 Meter zu einem nahegelegenen Kleintiergehege, um dort die Hühner und Vögel zu besichtigen. Danach ging es durch das Dorf wieder zurück nach Hause. Hin und wieder war der Nachbar in seinem Garten und plauderte ein wenig mit den Beiden. Eines Tages schien Monique recht aufgeregt zu sein und plapperte unverständlich drauf los. „Was ist los, Monique?", fragte Joshua. „Ach nichts weiter", entgegnete Monique, „mir ist nur gerade eingefallen, dass ich früher mit meinem ersten Mann auch schon mal da war. Aber der ist schon lange verstorben, der arme Kerl." Joshua war wie vom Blitz getroffen. Seine Monique hatte ja nur ihn als Mann und war jetzt fast 40 Jahre mit ihm verheiratet. „Aber Monique", beschwichtigte er seine Frau, „Monique, ich bin doch Dein Mann. Wir sind doch schon so lange zusammen." Monique erwiderte schroff. „Was erzählst

Du denn da? Mein erster Mann ist tot und du bist nur mein Pfleger und mehr nicht." Joshua verstand die Welt nicht mehr. Hatte seine Monique ihn jetzt wirklich vergessen. Wie konnte das sein? Gestern noch lagen sie kuschelnd auf dem Sofa und schauten Pumuckl an, obwohl er schon längst alle Folgen auswendig konnte, weil seine Monique es wieder und wieder sehen wollte. Und heute nannte sie ihn, ihren Mann, einen Pfleger. Joshua erwiderte sichtlich erregt, dass sie mit dem Spinnen aufhören solle. Doch Monique blieb dabei. „Du bist nur der Pfleger und mein erster Mann ist schon lange tot. Der war übrigens ein ganz lieber Mann, nicht so wie du einer bist."

Joshua war wütend und traurig zugleich. „Dann träum halt von deinem Supermann weiter", erwiderte er ärgerlich seiner Monique. „Du wirst schon sehen, was Du davon hast, denn DER ist ja tot. Ich hingegen bin noch recht lebendig und kümmere mich Tag und Nacht um Dich. Und dafür ist das dann

Dein Dank an mich. Komm jetzt, wir gehen wieder nach Hause, mir reichts für heute mit Dir." Monique schaute ihren Mann verwundert an und war auf einmal wieder total fürsorglich und lieb zu ihrem Joshua. „Aber Schatzi, was hast Du den auf einmal? Du weißt doch, dass ich nur dich liebe. Ich will doch gar keinen anderen Mann als Dich, mein Liebling." Dabei umschlang sie mit ihren Armen Joshuas Brust und drückte ihm einen dicken Kuss auf den Mund und rieb ihre Nase an der seinen. Das tat sie immer dann, wenn sie ihren Joshua besonders gern beschmuste.

„Ach Liebling, alles in Ordnung", erwiderte Joshua leicht gequält mit lächelndem Blick, „alles in Ordnung, mein Schatz." Im Kopf jedoch hatte Joshua ab diesem Tag die Sorge, dass seine geliebte Monique ihn eines Tages komplett vergessen könnte.

Gute Ratschläge und Wundermittel

Die Wochen vergingen und Moniques Krankheit schritt unaufhaltsam voran. In dieser Zeit bekam Joshua immer mehr Ratschläge von selbst ernannten Wunderheilern, die, so schien es, genau wussten, was gegen eine Demenzerkrankung hilft und diese Erkrankung zumindest verlangsamt. Von Silberwasser über Borax Lösung und weiteren fragwürdigen Wundermitteln war so ziemlich alles dabei, was der Markt der „Wunderheiler" zu bieten hat. Nun ist es ja oftmals so, dass Ratschläge eben auch Schläge im weitesten Sinne sind und die Hoffnung auf eine Genesung oftmals mehr mindern als fördern. Immer öfter fuhr Joshua seine damaligen Freunde recht unwirsch an und bat sie, doch ihren Müll für sich zu behalten, denn so Joshua, gegen Demenz ist leider kein Kraut gewachsen. Bis er auf eine Anzeige in einer Frauenzeitung, wie Joshua die Wochenendillustrierten seiner Monique gerne nannte, entdeckte. Griechischer Bergtee nannte sich das Wundermittel, das laut einer umfangreichen Studie der absolute Helfer gegen Demenz sei. Nun, dieses Mittel war nicht billig und Joshua hatte mittlerweile seine Arbeit aufgrund Moniques Erkrankung einstellen müssen. So war die Haushaltskasse oftmals „indisponibel", wie Joshua gerne zu sagen pflegte. „Aber wenn es vielleicht doch hilft?", fragte sich Joshua und überlegte, wie er es denn anstellen sollte, dieses Mittel zu bestellen. Die Sorge um seine Monique siegte über den Finanzier in Joshua und er bestellte eine Großpackung dieser griechischen Bergtee-Kapseln. Nun, die Pillen kamen mit der Post und Joshua beachtete akribisch die genaue Einnahmevorgabe. Wochenlang nahm seine Monique wie vorgegeben diese seltsamen Pillen ein. Doch eine Änderung ihres Zustandes folgte nicht, im Gegenteil, es wurde von Mal zu Mal sichtbarer, dass Moniques Gehirn der Demenz hilflos ausgesetzt war. „So eine Schweinerei", hörte sich Joshua bald fluchen und schimpfen. „Da nehmen sie den

Schwerkranken noch das letzte Geld weg und versprechen wegen ihrer Gier Heilung."

„Zur Hölle mit diesen charakterlosen Grattlern."

Doch die Hoffnung stirbt bekanntlich zuletzt und die Liebe zu einem Menschen vermag oftmals Anstrengungen zu vollbringen, die vorher unmöglich oder vollkommen aussichtlos erscheinen. Auf der stetigen Suche nach einer Heilung für seine geliebte Monique studierte Joshua allerlei Bücher und Zeitschriften physisch und im Internet, denn es konnte ja schließlich sein, dass es doch die eine, noch nicht gefundene Möglichkeit gab, um seiner geliebten Frau zu helfen. In einem Artikel einer Tageszeitung stand, dass eine sogenannte transkranielle Pulsstimulation, kurz TPS, des Schädels Wunder bewirkt haben soll. Demnach seien schwer an Alzheimer erkrankte Patienten wieder so gesundet, dass sie teilweise ihre Tätigkeit wieder aufnehmen konnten. Joshua war zwar skeptisch, denn er wusste ja bereits von allen bisher berichteten und von ihm teilweise auch angewendeten Methoden zur Linderung oder gar Umkehrung der Demenzerkrankung seiner geliebten Monique, dass zwischen den Aussagen der Anbieter und dem tatsächlichen Ergebnis meistens Welten lagen. Doch es ließ Joshua keine Ruhe. War es doch eine quasi revolutionäre Möglichkeit, den Demenzverlauf zu stoppen oder gar teilweise rückgängig zu machen. Ein paar Tage später fasste sich Joshua ein Herz und wählte die Nummer eines TPS-Centrum in Süddeutschland. Lange unterhielt er sich mit dem dafür zuständigen Fachmann, der natürlich die Vorzüge dieser neuen Behandlungsmethode in den schönsten Farben und Tönen lobte. Natürlich würde diese neue Methode keine Krankenkasse finanzieren und natürlich müsse man aufgrund der hohen Anschaffungskosten des technischen Gerätes einen zwar hohen – immerhin im mittleren 4-stelligen Bereich – aber dennoch letztendlich lohnenswerten Betrag aus eigener Tasche finanzieren. Dazu käme noch eine CT-Untersuchung des Gehirns der Patienten und eine vorherige psychiatrische Untersuchung durch einen anerkannten Psychiater. Joshua war zum einen total niedergeschlagen ob der hohen Kosten, die da auf ihn zukommen würden, aber gleichzeitig auch euphorisch genug, für die Genesung seiner geliebten Monique, dieses Problem doch irgendwie lösen zu können. Er bat sich einige Tage Überlegzeit aus und grübelte in diesen Tagen hauptsächlich darüber, wie er die Kosten einigermaßen aufbringen könnte. Nach ein paar Tagen fasste er sich ein Herz, indem er sich einredete: „Was ist denn schon das Geld gegen die Gesundheit meines Schatzis?" und vereinbarte mit dem TPS-Centrum einen Termin. Zufällig, wie das Leben so spielt, war natürlich ganz kurzfristig ein Terminplan über 6 Sitzungen frei geworden und er könne, so der Mitarbeiter des TPS-Centrums, in den nächsten 8 Tagen mit der Behandlung beginnen. Natürlich sollte vorher die Zahlung erfolgt sein oder gar in bar bei der ersten Behandlung beglichen werden. Obgleich Joshua viele Jahre in leitender Stellung tätig war, ließ er sich hoffnungstrunken auf die Vorgaben des TPS-Centrums ein. Die Behandlungen erfolgten jeweils im Abstand von 2 Tagen an insgesamt 6 Tagen zu jeweils 1 Stunde. Der Behandlungsraum war ein normales Arbeitszimmer, wie es tausendfach in Büros anzutreffen ist. Dort stand ein großer Sessel vor einem PC-Bildschirm und an diesem PC war eine Art Kabel mit einer größeren Sonde mit Griff angebracht. Monique setzte sich in den Sessel und die Mitarbeiterin des TPS-Centers brachte auf ihren Kopf eine Art Netz mit vielen Kabeln und ein Gleitgel auf. Dann schaltete sie den Rechner an und auf dem Bildschirm erschien der Schädel von Monique. Die Mitarbeiterin nahm diese Sonde und fuhr auf Moniques Kopf hin und her, sodass die Bewegungen auf dem Bildschirm sichtbar wurden. Nach ca. 45 Minuten war alles vorbei und Joshua und Monique fuhren wieder 200 km zurück in ihre Wohnung. So ging es an 6 Tagen innerhalb von 2 Wochen und das Ende November. Teilweise Nebel, Regen und Schnee und baldige Finsternis waren jedes Mal eine besondere Heraus-forderung für Joshua, zumal die Behandlungen meist gegen Mitte des Nachmittags stattfanden und Joshua alles gerne tat – nur nicht bei Dunkelheit im Winter bei schlechtem Wetter Autofahren.

Die Behandlungen nahmen ein Ende und am letzten Tag wurde Monique ein spezieller Fragebogen mit Testfragen vorgelegt. Monique strengte sich an, so gut sie konnte, doch Joshua konnte fast keine Besserung der Symptome feststellen. Besorgt fragte er die Person, die seine Monique jetzt die letzten 6 Tage behandelt hatte. „Das wird schon besser in den nächsten Tagen", beschwichtigte diese Joshua. „Das Gehirn muss sich ja erst quasi an die Schwingungen der TPS gewöhnen und dann wird es von Mal zu Mal besser." Mit diesen Worten verabschiedete sie sich von den Beiden und Joshua beschlich das dumpfe Gefühl, dass „außer Spesen nichts gewesen war". Leider sollte er mit dieser Einschätzung recht gehabt haben. An dieser Stelle ein ganz kleiner Blick in die Zukunft: Einige Jahre später berichtete eine große Boulevardzeitung in Deutschland von der TPS-Behandlung. In diesem Bericht wurde ein Professor mit den Worten zitiert, dass bei einer Studie mit ganzen 11 Personen leichte Veränderungen in den Gehirnströmen, insbesondere bei Depressionen, beobachtet wurden.

Zu Joshuas Sorgen um die Gesundheit seiner geliebten Monique gesellte sich ab diesem Zeitpunkt immer mehr die Wut über all die vermeintlichen Wunderheiler, die nach Joshuas Meinung den Patienten und Angehörigen mit den schwersten Erkrankungen aus reiner Geldgier die letzten Euros ohne Skrupel abluchsen. Obgleich er ja fast keinen Besuch mehr bekam, ging es so weit, dass er

Nachbarn das Hausverbot aussprach, wenn sie ihm wieder mal ein neues Wundermittel gegen Demenz präsentieren wollten. Moniques Zustand der Demenz wurde immer auffälliger. Konnte sie bis vor einigen Wochen noch einigermaßen reden und sich artikulieren, so vermischte sie zunehmend die Worte und den Inhalt ihres Redens. Immer mehr kamen zusammenhanglose Wortfetzen zu Tage. Die führte dazu, dass Monique immer mehr in sich gekehrt wurde. Wahrscheinlich bemerkte sie, dass ihr das Reden zunehmend schwerfiel, und verstummte da lieber.

Lebensglück

Früher war Monique ganz anders gewesen. Eine fröhliche junge Frau, die das Leben an der Seite ihres Mannes und ihrer vier Töchter sichtlich genoss. Monique war in den Augen ihres Joshua eine umwerfende Schönheit, die nicht nur er so feststellte, sondern auch die meisten seiner Bekannten und Freunde. „Wie kommst Du nur zu dieser schönen Frau?", musste er sich immer wieder mal fragen lassen. Natürlich war Monique auch vor den Avancen anderer Männer nicht geschützt. Ungeniert machten ihr einige den Hof. Einer lockte gar an einem Sonntagvormittag Joshua in seine Wohnung zur vermeintlichen Reparatur eines Spiegelschrankes, um dann, als Joshua unterwegs war, bei Monique vorbeizuschauen. Doch Monique blieb, wie Joshua selbst auch, in all den vielen Jahren ihrer Zweisamkeit allen Versuchungen standhaft.

Sie hatten sich beide damals ewige Treue geschworen und hielten sich daran, was ihnen auch nicht schwerfiel, denn auch nach vielen Jahren waren sie beide ineinander verliebt wie in den ersten Tagen ihres Kennenlernens. In allen Bereichen ihres gemeinsamen Lebens hatten sie stets Freude, eine tiefe, innige Liebe als festes Band. Natürlich gehörte zu dieser innigen Liebe auch die körperliche Liebe, die beiden auch nach all den vielen gemeinsamen Jahren immer wieder viel Spaß machte und noch mehr Freude bereitete. Sie liebten sich beide innig, wenn auch ihre Körper mit den Jahren nicht mehr so waren wie zu jungen Jahren. Das nennt man eben Inflation, tröstete Joshua seine Monique stets, wenn diese sich Sorgen um ihre Figur und ihr Aussehen machte. „Schatzilein", säuselte er dann, „Schatzilein, auch bei mir nagt der Zahn der Zeit und so langsam falle ich beim Handtuchtest genauso durch wie du beim Bleistifttest." Dabei zwinkerte er lustvoll mit den Augen und führte seine Monique ins gemeinsame Schlafzimmer. Doch leider hat alles einmal einen Anfang und auch ein Ende. Moniques Erkrankung schritt zusehends fort und die gemein-same Erotik verblasste mehr und mehr. Nicht weil Joshua die Lust an seiner Monique verlor, im Gegenteil, je kränker Monique wurde, umso mehr wurde Joshua zum Schmusebär, was ihm eigentlich gar nicht so lag. Er war eher nicht der Händchenhaltetyp, sondern viel-mehr der Typ Mann, der seine Frau heiß und innig liebt und dann aber auch wieder Ab-stand benötigt. Monique hingegen war ge-nau das Gegenteil. Schmusen und Händehalten war für sie ein großer Liebes-beweis und deswegen war die Veränderung eigentlich in ihrem Sinne, wenn, ja, wenn sie nicht der Meinung gewesen wäre, dass ihr Joshua ein ihr fremder Mann sein würde, und mit anderen Männern würde sie nie et-was anfangen. Also verweigerte sie die liebe-vollen Anmachversuche ihres Joshua und tadelte ihn, er solle sie doch in Ruhe lassen, sie sei schließlich verheiratet. Dazu kam, dass Monique immer mehr inkontinent wurde und Joshua die Toilettenpflege komplett übernahm. Windelwechseln wurde zum Tagestandardprogramm. Natürlich bleibt ein Partner der Partner, wie er ist, auch wenn der andere ihm die Windel wechselt und den Intimbereich säubert. Joshua empfand es aber ab diesem Zeitpunkt als fast unethisch, sich seiner Monique in diesem Zustand sexuell zu nähern. So blieb es ab diesem Zeitpunkt bei Händchenhalten und auf dem Sofa kuscheln. Monique genoss dies sichtlich, wenn sie ihren Joshua als ihren Mann erkannte. Wenn sie aber in ihm den Pfleger sah, schob sie in Schroff zur Seite und blickte mürrisch. Joshua hingegen hatte mit dieser neuen Situation seine liebe Mühe. War er es doch über Jahrzehnte gewöhnt, regelmäßig mit seiner Monique zu sexeln, auch noch nach Jahrzehnten der gemeinsamen Ehe. Und nun sollte dies ein so abruptes Ende haben. Er haderte und flocht diese für ihn schwer zu akzeptierende Situation in fast jedes Gespräch ein, das er ab diesem Zeitpunkt mit seinen Freunden und Bekannten und auch Verwandten führte – so sehr beschäftigte ihn dieser neue Lebensumstand. Doch mit der Zeit gewöhnte er sich an die Situation und beschloss, seiner Monique trotz der fehlenden Möglichkeiten auch jetzt treu zu bleiben. „Schatzi", schwor er seiner Monique. „Schatzi, ich bleibe die treu, solange du lebst. Das habe ich Dir bei unserer Hochzeit versprochen und das Versprechen halte ich auch." Ob Monique den Inhalt dieses Schwures noch begriff, konnte Joshua nur ahnen. Aber er sah, wie seiner Monique ein paar Tränen übers Gesicht liefen und sie ihn anstrahlte, wie sie es immer tat, wenn sie besonders verliebt in ihn war.

Der Weihnachtseinkauf

Vor vielen Jahren hatte sich Joshua in diesen besonderen Blick seiner Monique unsterblich verliebt. Wenn sie ihn so anschaute, konnte sie alles von ihm haben. Er konnte diesem Blick einfach nicht widerstehen. Besonders wenn ihr dann noch ein paar Tränen über die Wange flossen, wurde Joshuas Herz weich wie Butter und schmolz wie frischer Schnee in der Sonne. Eine ihrer Töchter hatte diesen unnachahmlichen Blick von ihrer Mutter vererbt bekommen und wusste natürlich schon in ganz jungen Jahren, wie sie damit ihren Vater beeinflussen konnte. Es war damals kurz vor Weihnachten und Joshua sollte noch ein paar wenige Einkäufe machen. Das Geld der jungen Familie war knapp und Monique gab Joshua einen von ihr sorgfältig austarierten Einkaufszettel mit. „Nimm doch die Nadine mit zum Einkaufen", rief Monique ihrem Joshua zu, „dann habe ich etwas mehr Zeit zum Putzen und Wäschemachen. Jessi ist im Kindergarten und dann habe ich auch ein wenig frei danach." „Okay", rief Joshua lachend seiner Monique zu, „ich nehme Nadine mit und wenn Du fertig bist, kannst Du dich ja auch noch ein wenig hübsch für mich machen, Du weißt ja, der Abend steht vor der Tür." Mit einem Zwinkern verließ Joshua mit Nadine die Wohnung und fuhr in das damalige größte Einkaufszentrum der Stadt. Dass dies ein Fehler war und Joshua nicht nur zum Discounter fuhr, sollte sich bald herausstellen. Die beiden betraten die große Einkaufshalle, die festlich zu Weihnachten geschmückt war. Es „jinglebellte" aus den Lautsprechern in einer Tour und ab und wann huschte auch ein Nikolaus durch den ganzen Trubel. Nadines Augen leuchteten heller wie alle Sterne zusammen und aufgekratzt vor Freude und Staunen zog sie ihren Papa fast magisch in die für sie sicherlich größte Spielwarenabteilung der ganzen Welt. Dort nahm das „Unheil" des Tages dann seinen Lauf. Unter den Bergen von Autos, Eisenbahnen und Puppen fand Nadine eine ganz besondere Puppe. Ein Babypüppchen in rosarotem Strampler mit einem großen weißen Schnuller im Mund. „Papa, schau, das Baby schreit, wenn ich den Schnuller rausnehme, und wackelt mit den Armen und dem Kopf. Schau nur, es macht auch die Augen auf und zu. Papa, ich will die Puppe haben. Bitte, bitte Papa." „Aber Nadine", erwiderte Joshua sanft, „dass geht nicht, wir müssen doch einkaufen, was Mama aufgeschrieben hat. Sonst haben wir nichts zu essen zu Hause." „So ging es eine ganze Weile, bis Nadine ihren Papa mit dem finalen Satz und dem Geschau, das sie von ihrer Mama geerbt hatte, überzeugte. „Aber Papa, du bist der liebste Papa der ganzen Welt, wenn ich diese Puppe bekomme." Dabei blickte sie ihm tief in die Augen und tatsächlich flossen zwei drei kleine Tränchen die Wange herab. Es kam, wie es kommen sollte. Joshua nahm die Babypuppe wie in Trance und ging damit schnurstracks zur Kasse. Mehr als 60,00 DM kostete diese

Puppe damals. Das war sehr viel Geld und mehr als die Hälfte von dem, was Joshua für die von Monique geplanten Einkäufe dabeihatte. Erst vor dem Laden kam Joshua wieder so richtig zu sich. „Nadine, weißt Du, was ich jetzt gemacht habe? Ich habe das ganze Geld für diese Puppe ausgegeben."

„Ja", erwiderte Nadine staubtrocken. „Dafür bist du auch der beste Papa der ganzen Welt und ich habe die schönste Puppe der ganzen Welt." Das diese Puppe aber bis Weihnachten noch im Schrank warten musste, akzeptierte Nadine nur murrend. Das anstatt der Einkäufe die Puppe von Joshua gekauft wurde, quittierte Monique weniger murrend, dafür aber laut schimpfend. „Dich kann man wirklich nirgendswo allein mit den Kindern lassen", schimpfte sie. Joshua stand wie bedröppelt da und versuchte zu erklären, was schlecht zu erklären war. Er hatte sich von der 5-jährigen Tochter einfach einwickeln lassen. „Schatzi", versuchte er es aber trotzdem, „Schatzi, sie ist Deine Tochter und hat es von dir gelernt, mich weich zu kochen. Ich bin unschuldig, ich kann nichts machen, wenn ihr mich so anschaut." „Schon gut", lachte da Monique, „so sind wir Frauen eben, da habt ihr Männer keine Chance, wenn wir etwas wollen. Bis heute Abend, mein Lieber." Dabei zwinkerte sie mit feurigem Blick ihren Joshua an.

Hyperaktiv

Es war wieder Frühling geworden nach einem kalten, trüben und für Joshua dazu noch Nerven zermürbendem Winter. Die langen, früh dunklen Abende wollten einfach nicht enden, so oft er auch auf die Uhr in der Wohnküche blickte. Monique hingegen war wie fast jeden Abend nach dem Besuch der Tagespflege in ihrem Element und einfach nicht müde genug, um sich auszuruhen. Oder war es vielleicht ein innerer unauflösbarer Zwang, der sie dazu aufforderte, den schweren Ohrensessel wieder und wieder in der Stube umherzuschieben. Joshua verzweifelte fast daran, musste er doch den Sessel jedes Mal wieder zurückschieben, was mit seiner entzündeten Schulter immer mühseliger wurde. Nicht nur einmal beförderte er diesen verflixten Sessel mit Schwung in das neben der Wohnküche liegende Büro und schlug erregt die Tür danach zu. Monique freilich focht dies nicht im Geringsten an. Waren doch noch genug Stühle und auch der Küchentisch im Raum, den man ohne weiteres auf dem gefliesten Boden umherschieben konnte. An manchen Tagen ging das viele Stunden so. Besonders an den Wochenenden während der Wintermonate, an denen außer einem kurzen Spaziergang ein weiteres Verweilen im Freien wegen der Witterung fast unmöglich schien, mutierte Monique zu einem äußerst fleißigen Möbelpacker. Von morgens bis abends wurden die Möbel in der Wohnung – so sie handlich genug für sie waren – umhergeschoben und getragen, bis Monique buchstäblich vor Erschöpfung kaum noch gehen konnte. Doch ein letztes Schieben und Tragen musste scheinbar immer noch einmal sein, bis sie Joshua total erschöpft auf das Sofa im Wohnzimmer bettete. Doch damit war noch lange keine Ruhe eingekehrt. Wie jemand eine Spielpuppe an den Schnüren bewegt, schien eine unsichtbare Macht Monique an Schnüren zu halten und sie zu bewegen. Auf dem Sofa sitzend musste Joshua sich neben sie setzen und sie fest umarmen, damit sie so langsam zur Ruhe kam. Wenn es gut ging, schlief Monique dann nach einer halben Stunde ein, an schlechten Tagen dauerte es schon mal 2 Stunden, bis sie den erholenden Schlaf fand. Wenn sie dann endlich schlief, konnte sie Joshua nach einer Stunde behutsam an beiden Händen führend ins Bett bringen, ohne nicht vorher noch einmal die Windeln zu wechseln und den Schlafanzug anzukleiden. So ins Bett gebracht schlief Monique dann an den Wochentagen meist bis gegen 9.00 Uhr morgens durch. An den Wochenenden jedoch war es so, wie es alle Eltern von kleinen Kindern gewohnt sind. Pünktlich um 7.00 Uhr sind die lieben Kleinen wach. So auch Monique. An Sonn- und Feiertagen erwachte Monique fast ausnahmslos vor 7.00 Uhr, um ihren Joshua zu erfreuen. Dieser war natürlich jedes Mal hochentzückt über diese liebevolle Geste seiner Monique und bedankte sich bei ihr meist mit dem ironischen Satz. „Aha, heute steht mein Schatz früher auf, damit ich ganz lange etwas von ihm habe." Dabei unterdrückte er ein Fluchen, wusste er doch, dass es wieder ein langer Möbelrücketag würde.

Schlechtes Gewissen

Auf Anraten der Ärzte im Krankenhaus und des Hausarztes nahm Monique eine ganze Reihe von Medikamenten ein, die den Bewegungsdrang mildern und ihr Ruhe verschaffen sollten. Nach der Einnahme eines dieser Medikamente ging Monique nach ein paar Tagen total schief auf einer Seite gebeugt. Besorgt konsultierte Joshua den Arzt und schilderte ihm dieses unerklärliche Verhalten. Dies sei lediglich das Pisa Syndrom, beruhigte der Arzt Joshua. Sowas kommt eben bei diesem Mittel als Nebenwirkung vor und sei eine durchaus im üblichen Rahmen liegende Nebenwirkung des Medikaments. Mein Gott dachte sich Joshua, das kann ich meiner Monique nicht antun, und setzte diese Pillen eigenständig wieder ab, woraufhin Monique wieder mit den bekannten Auffälligkeiten reagierte, die sich aufgrund der Medikamente abgemildert hatten. Was soll ich nur tun? dachte Joshua verzweifelt. Gebe ich die Medikamente, geht Monique daran kaputt, gebe ich ihr sie nicht, geht sie auch langsam zugrunde. Joshua wählte den Mittelweg und gab ihr nur noch die halbe Dosis, die beide Seiten abmilderte, aber insbesondere die schiefe Haltung schnell gänzlich auflöste. In den verschiedensten Foren im Internet, die Alzheimer-Demenz zu Thema haben, studierte Joshua in den wenigen freien Stunden des Tages, die er noch zur Verfügung hatte alles, was er zu diesen Medikamenten seiner Monique in Erfahrung bringen konnte. Immer wieder fand er den Hinweis, dass diese Medikamente nur im Notfall für kurze Zeit zu verabreichen seien und eine Dauermedikation zu vermeiden werden soll. Dafür sollten die Patienten mit Therapie und Gesprächen zur Ruhe gebracht werden. Doch wie sollte das gehen, dachte sich Joshua wütend. Wer soll denn diese Gespräche und Therapien erbringen. Mehr als jeden Tag in der Woche von morgens bis abends geht einfach nicht. Aber es half ja nichts. Zur Überanstrengung mit der Pflege für seine

Monique und dem Ärger über die vermeintlichen Fachleute gesellte sich immer mehr auch das schlechte Gewissen, dass er seiner geliebten Monique vielleicht mit den Mitteln die er ihr gab Schaden zufügen konnte. So wurde jede Medikamentengabe an seine Frau für Joshua ein Akt der Notwendigkeit auf der einen Seite und ein Akt der Schädigung seiner Frau auf der anderen Seite. Wie lange würde er diesen Zwiespalt wohl aushalten, dachte sich Joshua fast jedes Mal und wurde zunehmend verzweifelter.

Stetige Verschlechterung

Nicht nur der Zwiespalt mit den Medikamenten ließ Joshua immer mehr verzweifelter werden. Der Zustand seiner geliebten Monique verschlechterte sich merklich fast jede Woche mehr. Selbst einfachste Dinge konnte sie nicht mehr ohne Hilfe bewerkstelligen. Essen, Trinken usw., zu allem benötigte Monique Hilfe von Joshua oder den selten anwesenden Kindern und Verwandten. Die Inkontinenz wurde so ausgeprägt, dass Monique die vollkommene Kontrolle über die dafür zuständigen Körperregionen verlor. So konnte es sein, dass sie während des Duschens oder des darauffolgenden Abtrocknens wieder einkotete oder einnässte. In den Sommermonaten war dies ein relativ kleines Problem. Jedoch war es wieder Winter geworden und Monique war wegen der fast schon chronischen Unterernährung sehr kälteempfindlich geworden. So war eine lange Strumpfhose mit einer weiteren Leggings und dann noch folgender Hose das Mindeste an Kleidung das sie warmhielt.

Auch mussten es zwei, drei Pullover oder Hemden sein die sie einigermaßen an Rumpf und Armen warmhielten. Dieses zwiebelschalenhafte Anziehen hatte natürlich seine Tücken, insbesondere bei der Inkontinenz die Monique leider hatte. Es war jedes Mal für Joshua eine nervenaufreibende Tortur seine Monique an- und auszukleiden um sie auf das WC zu bringen – sofern es noch reichte – oder die Windeleinlagen zu wechseln. Dazu kam, dass ausgerechnet Joshua eine Krankheit an den Fingerspitzen hatte die während der kalten Jahreszeit die Nagelhautränder empfindlich entzündete und somit jede unbedachte Berührung dieser Stellen höllische Schmerzen bereitete. Das führte dann dazu, dass Joshua aufgrund der allgemeinen Überlastung und der Schmerzen an den Fingerspitzen immer öfter aus der Haut fuhr und seine Monique zuweilen recht unwirsch anschrie und sie entsprechend reinigte und wieder anzog. Kurz darauf überkam ihn jedes Mal eine unbändige

Wut über sein Verhalten und oft mit Tränen in den Augen versicherte er seiner Monique das er sie lieben würde und sie nicht in ein Heim müsste, obgleich er wenige Minuten vorher genau damit gedroht hatte. Als Ausgleichsventil verfluchte er dann regelmäßig alle anderen Personen die ihn seiner Auffassung nach mit dem Problem seiner dementen Ehefrau allein ließen. Meist kam dann nach dem Toilettengang und der nachfolgenden Dusche das Föhnen und Frisieren seiner Monique. Dort konnte er ihr dann zeigen wie lieb er sie doch hatte. Liebevoll föhnte er die noch wunderschönen langen braunen Haare seiner Monique und zauberte ihr immer wieder neue Frisuren auf das Haupt. Joshua war kein Friseur, hatte aber mit den Monaten seine eigene Technik entwickelt und war immer ganz stolz auf seine neuesten Kreationen. Ob Monique ebenfalls stolz darauf gewesen wäre, hätte sie es noch einigermaßen verstanden soll dahin gestellt bleiben.

Fremder Mann

Noch vor wenigen Jahren war Joshua überschwänglich stolz auf seine für ihn immer aufs Neue hübsche Monique. Sie pflegte sich die ganzen vielen Jahre ihres gemeinsamen Lebens sehr hingebungsvoll. Täglich wurde geduscht und danach der ganze Körper mit Pflegemilch eingerieben. Ab und an sollte Joshua ihr dabei behilflich sein, wenn er zufällig mal im Bad war. Doch Joshua verkrümelte sich fast jedes Mal vorher um dieser Aufgabe zu entgehen. Wenn er etwas nicht ausstehen konnte, so war es das, daß an seinen Händen irgendeine Creme oder Pflegemilch war und er damit seine Monique eincremen sollte. Gut, bei gewissen Momenten übernahmen die Hormone die Herrschaft über das unangenehme Gefühl der Creme an den Händen und Joshua konnte seine Monique hingebungsvoll mit Mandelöl oder ähnlichem massieren, aber ansonsten wollte er davon nichts wissen. Und jetzt da seine Monique erkrankt war und sich nicht mehr alleine waschen und eincremen konnte übernahm er auch diese für ihn eigentlich unangenehme Tätigkeit. Moniques Haut wurde aufgrund der Krankheit und einseitigen Ernährung immer trockener und an den Beinen und Armen teilweise dünn wie Pergamentpapier. Da half alles Unangenehme nichts, es musste einfach sein, dass Monique täglich gesalbt wurde wie Joshua es bald nannte. Der Mensch ist doch ein Gewohnheitstier dachte sich Joshua nach einigen wenigen Wochen. Jetzt macht mir das Salben ja fast nichts mehr aus und übermütig tupfte er seiner Monique Creme auf Nase Wangen und Stirn um ihr danach das immer noch schöne und zarte Gesicht zu massieren.

Doch auch dieses harmonische Miteinander wurde aufgrund der Erkrankung von Monique erneut jäh unterbrochen. Es war an einem Sonnabendnachmittag als Joshua seine Monique wieder einmal duschen und eincremen wollte. Schon beim Gang ins Bad wehrte sich Monique auffallend stark alleine schon gegen den Gang ins Bad. Das

Auskleiden verlangte Joshua alles an Überredungskunst ab die er mit rollenden Augen von sich gab. Monique wehrte sich mit Händen und Füßen gegen das Auskleiden. Endlich geschafft war es fast unmöglich sie in die Duschwanne zu stellen. Laut nach Hilfe schreiend gestikulierte sie wild mit den Händen und versuchte immer wieder der Dusche zu entkommen. Es hatte einfach keinen Zweck an diesem Tag. Frustriert schimpfend gab Joshua nach und Monique versuchte sich ungeduscht wieder anzukleiden. Leider konnte sie dies nicht mehr so ganz einfach und brachte die Kleidungsstücke total durcheinander. Die Reihenfolge hatte es ihr angetan. Über die Jogginghose zog sie den Slip und über das T-Shirt den BH. So humpelte sie mit einem Schuh an den Beinen und ohne Strümpfe laut schimpfend in die Küche. „Ich lass mich doch nicht von fremden Männern duschen. Was glaubt der denn da drin" hörte Joshua sie schimpfen. Im Wohnzimmer angekommen setzte sie sich auf das

Sofa und versuchte verzweifelt ihre Strümpfe anzuziehen, was ihr aber misslang, da die Hausschuhe an den Füßen im Weg waren. „Mein Schatzilein" säuselte Joshua, „Alles ist gut, ich lass jemanden kommen der dich duschen kann. Eine Freundin von früher die du noch kennst. Und dann ist alles wieder gut OK?" „Das ist auch besser" erwiderte Monique noch sichtlich aufgeregt. „Weißt Du, da war gerade ein fremder Mann und wollte mich nackt ausziehen. Soweit kommts noch. Dem bin ich aber abgehauen."
Dies war der erste Tag an dem Joshua nicht mehr wusste wie er seine Monique weiter richtig pflegen sollte, wenn sie doch Angst vor ihm, ihren Ehemann seit mehr als 40 Jahren, hatte. Er überlegte und malte sich alle möglichen Szenarien aus, wie er es wohl anstellen könnte, dass seine Frau geduscht werden kann ohne jedes Mal erneut in panische Angst zu verfallen. Da fiel ihm ein, dass vor einigen Wochen eine Mitarbeiterin des Sozialdienstes, die für die halbjährliche

206

Kontrolle der Pflegekasse zuständig war nach einer Anfrage von ihm wegen eines Nebenjobs Interesse bekundet hatte.

Ich bin Deine Freundin

Dies ist die Lösung dachte sich Joshua und schon wählte er die Nummer dieser Frau. Elena war ihr Name und sie war eine Pflegerin bei einem anerkannten Pflegedienst vor Ort. Joshua schilderte sein Problem und Elena sagte sofort ohne Umschweife zu, jeden Samstag und Sonntag, so es ihr Dienstplan erlauben würde, Monique in der eigenen Wohnung zu Duschen und sich weiters um sie ein paar Stunden zu kümmern. Das erste Wochenende nahte und Elena stand pünktlich um 13.00 Uhr wie vereinbart am Samstag vor der Tür. Joshua begrüßte sie und führte sie in die große Wohnküche wo Monique auf einem Stuhl saß und Elena mit misstrauischem Blick beäugte. Trotz ihrer schweren Erkrankung war sie immer noch ein wenig eifersüchtig, wenn sich ihrem Joshua fremde und zudem – wie Elena eine war – auch noch hübsche Frauen näherten. Joshua stellte Elena vor und diese übernahm, sicher aus ihrer Gewohnheit als Pflegefachkraft das Kommando. Sie schickte

Joshua in den Garten mit den Worten „ich mach das schon" und kümmerte sich sofort um Monique. Nach ca. einer Stunde tauchten die beiden wieder auf und Monique strahlte über das ganze Gesicht und das nicht nur weil sie frisch geduscht und frisiert war. „Das ist meine neue Freundin" stellte sie dem etwas verblüften Joshua Elena vor. Joshua spielte seiner Monique den überraschten Ehemann und erwiderte Moniques Vorstellung mit einem überrascht klingenden „Aha, und woher kennt ihr euch beiden denn? Da mischte sich Elena in das Gespräch ein und zwinkerte Joshua zu. „wir haben uns heute kennengelernt und auf Anhieb sofort gut verstanden. Ist doch so Monique oder?" Monique bejahte erfreut und Joshua war glücklich wie schon lange nicht mehr, sicher auch ein wenig, weil ihm Elena überaus gut gefiel. „Mein Gott" dachte Joshua, „diese Frau schickt mir der Himmel. Ein echter Engel, bildhübsch und so liebevoll zu meiner Monique. Was will ich mehr". Ab diesem

Samstag kümmerte sich Elena fast jedes Wochenende um Monique und duschte und frisierte sie besser als es Joshua je vermochte. Joshua zeigte seine Zuneigung zu Elena mit immer wieder neuen Kreationen seiner Koch – und Backkunst und verliebte sich jedes Wochenende ein wenig mehr in dieses für ihn engelsgleiche Wesen. Doch er wusste auch, dass er ja mit Monique verheiratet war und seine Frau seine bis dahin einzige große Liebe war und deswegen beließ er es bei den immer enger werdenden Umarmungen bei den Begrüßungen und Verabschiedungen von Elena.

Fremdsehen

Früher, nach den ersten Jahren ihrer gemeinsamen Ehe hatten sich Monique und Joshua jeweils des Öfteren in andere Partner verguckt. Wobei es bei Monique bei ein, zwei Fällen blieb. Doch Joshua konnte sich manchmal Hals über Kopf in eine ihm vollkommen fremde Frau verlieben. Dann schmachtete er diese Frau an, die meist nichts von ihrem Glück ahnte und malte sich alle möglichen Situationen in den schönsten Farben aus. Doch stets blieb es bei diesen rein visuellen Abenteuern und er kehrte dann immer wieder reumütig und mit einem total schlechten Gewissen zu seiner Monique zurück. Bei Monique war es nicht anders gewesen in all den Jahren. Immer öfter beichteten sie sich Ihre „Fremdseherei" und schoben diese Ausflüchte lachend auf ihre vollkommene Unerfahrenheit mit der sie beide in die Ehe gingen. Wir hätten uns halt austoben sollen meinten sie dann beide und fielen sich leidenschaftlich in die Arme. So waren sie eben. Vergnügt und lebensfroh gewürzt mit einer Prise Fatalismus und der Angewohnheit sich selbst nicht zu ernst zu nehmen. Mit den Jahren schworen sich die beiden immer wieder die ewige Treue und plauderten darüber, wie lange wohl ihr aktives Liebesleben andauern würde. Hoffentlich bis wir beide steinalt sind freute sich Monique jedes Mal und Joshua pflichtete ihr stets bei. Dabei wünschte sich Monique auch immer wieder, dass sie vor ihrem Joshua in Frieden heimgehen könne, denn ohne ihn sei ihr ein weiteres Leben nicht möglich. Und Joshua zog sie immer wieder damit auf, dass er als Mann ja eh früher sterben würde und zudem noch 5 Jahre älter sei. „Wird halt nichts draus mein Schatz" pflegte er dann lachend zu sagen. „Du bleibst noch mindestens 15 Jahre nach mir am Leben. Dann suchst Du dir wieder einen Mann und das Leben geht weiter." Sie konnten ja damals beide nicht ahnen, dass das Schicksal etwas ganz anderes mit Ihnen vorhatte.

So schön ist d e r auch nicht...

Moniques Zustand verschlimmerte sich in den nächsten Monaten fast wöchentlich. Zwar brachte sie Joshua noch an den Wochentagen zur Tagespflegestation in die nahe Stadt, doch aus anfänglich Ganztagesaufenthalten von morgens 9.00 Uhr bis abends 17.00 Uhr wurden mit der Zeit die morgendlichen Uhrzeiten immer mehr angepasst. In den letzten Monaten fuhr Joshua dann seine Monique nach dem Mittagessen zur Tagespflege und versuchte tgl. um 17.00 Uhr vor Ort zu sein um seine Monique wieder abzuholen. An den meisten Tagen begrüßte Monique ihren Joshua dann mit Tränen in den Augen und umarmte ihn überschwänglich. Meist erzählte sie dann, dass sie sich das nicht mehr bieten lassen würde und Joshua fragte dann mit einem Zwinkern die anwesende Pflegekraft „Na, habt ihr meine Moni wieder gefoltert oder was?" Natürlich war das nicht der Fall, Monique konnte einfach ihr Freude nicht mehr richtig verorten und erfand irgendwelche

216

Dinge, die sie meist 5 Minuten später nicht mehr erinnerte. Es konnte aber auch passieren, dass sie gedankenverloren auf ihrem Stuhl saß und Joshua beim Abholen keines Blickes würdigte bis er sie an den Händen vom Stuhl hochzog und ihr erklärte, dass sie jetzt heim müssten weil die Leute hier auch Feierabend wollten. In diesen Fällen ging sie dann mehr widerwillig mit und lies sich von Joshua ins Auto setzen um dann aber nach ein paar Minuten verwundert zu fragen warum er, Joshua, jetzt da sei. So wechselten sich diese Szenen immer wieder ab, wobei es besonders dann, wenn sie kurz vorher noch auf der Toilette versorgt wurde etwas turbulenter zugehen konnte. Immer öfter stand sie dann mit fremder Wechselkleidung vor Joshua und beschwerte sich, dass ihre Kleider versaut waren. Dies übergaben dann die Pflegekräfte regelmäßig an Joshua in entsprechenden Kunststoff-beuteln. Einmal jedoch brachte Monique ihren Joshua und alle anderen Anwesenden zum lauten und herzlichen Lachen. Joshua war wieder, wie jeden Tag gegen 17.00 Uhr im Pflegeheim um seine Monique abzuholen. Monique saß wie so oft auf ihrem Stuhl und würdigte Joshua keines Blickes. „Monique, ihr Mann ist jetzt da und will sie abholen" ermunterte die Pflegerin Monique und wollte ihr beim Aufstehen helfen. Doch Monique weigerte sich und erklärte das sie noch nicht fertig sei, mit dem was sie wohl in ihren Gedanken gerade zu tun hatte. Doch die Pflegerin wollte eben das Monique aufstand und erklärte nochmal behutsam, dass ihr Mann da sei. Worauf Monique staubtrocken erwiderte: „So schön ist d e r auch nicht, dass ich wegen dem jetzt gleich aufspringen muss" und setzte sich wieder hin. Natürlich musste die Pflegerin da lachen und auch alle anderen Anwesenden und Joshua blickte lachend in die Runde. „Naja mein Schatz, jetzt weiß ich ja wie Du mich wirklich siehst." Worauf Monique ihren Mann überrascht ansah und völlig fassungslos wissen wollte warum er denn erst jetzt kommen würde. Sie warte schon eine ganze Weile auf ihn.

Schwächesymptome

Die Wochen zogen ins Land und auf das Frühjahr folgte ein sehr heißer Sommer. Die von Joshua angeheuerte Pflegekraft Elena kam nun mehrmals in der Woche um Monique gerade an den heißen Tagen abends oder auch mal morgens zu duschen und frisch anzukleiden. Joshua verlor immer öfter in Gedanken sein Herz an diese Elena und auch diese schien von den Avancen des Joshua nicht gänzlich abgeneigt gewesen zu sein. An den Wochenenden nahm Elena Monique immer wieder auf kurze Ausflüge in der näheren Umgebung mit. Mal ging es zum Eis essen, mal auf einen Spaziergang im nahen Stadtpark. Monique wurde dabei zusehends schwächer. Immer öfter kam Elena früher als vereinbart zurück, denn sie bemerkte das Monique das Gehen und auch Stehen immer schwerer viel. Zwar gab Joshua den beiden immer einen Rollstuhl für Monique mit, den er mühevoll in den kleinen Wagen von Elena verstaute. Doch auch dies war immer öfter nur eine kurze Erleichterung für Monique.

So kamen die beiden meist nach einer kurzen Dauer von 60 Minuten zurück und verbrachten den restlichen Tag gemeinsam mit Joshua im heimischen Garten. Meist buk Joshua dann etwas in der Küche und servierte seine Kreationen an seine Monique und Elena, wobei Monique fast nichts mehr anrührte, Elena jedoch mit leuchtenden Augen auch mal zwei Portionen hintereinander zu sich nahm. Sie sieht nicht nur süß aus, sondern ist auch noch Liebhaberin von süßen Speisen scherzte Joshua, wenn er ihr die zweite Portion servierte. Selbst die Salzburger Nockerln, die Joshua nach einem alten Familienrezept seiner Bekanntschaft aus Österreich bereitete, konnte Monique nicht mehr zu sich nehmen, denn das Schlucken viel ihr zunehmend schwerer. An einem dieser Sonntage verabschiedete sich Elena von den beiden und Joshua nahm seine Monique an beiden Händen und wollte mit ihr noch eine kleine Runde um die Häuser ziehen, wie er das immer nannte. Von ihrer

Wohnung in die Mitte des kleinen Dorfes und wieder zurück. Meist trafen sie dort ein paar Dorfbewohner und konnten so den neuesten Tratsch und Klatsch erfahren. Waren diese kurzen Gespräche doch eine der wenigen Momente an denen sich Joshua einmal nicht nur auf seine Monique konzentrierte. Beim Zurückweg zur Wohnung brach Monique auf einmal unerwartet fast zusammen. Nur mit größter Mühe konnte sie sich noch auf den Beinen halten und dabei starrte sie stur ohne einen Laut von sich zu geben in eine Richtung. Mehr trug als führte Joshua Monique die noch wenigen Meter zurück in die Wohnung und setzte seine total entkräftete – wie es schien – Frau auf den bequemen Sessel den er extra unlängst für sie erworben hatte. Auf den normalen Stühlen konnte und wollte Monique nicht mehr sitzen, denn durch den starken Gewichtsverlust fehlte ihr die natürliche Polsterung am Po und beim Sitzen schmerzte es sie zunehmend mehr und mehr. Kaum das Monique aber auf dem Sessel Platz genommen hatte zwang sie eine scheinbar unbekannte innere Macht dazu wieder aufzustehen und die schweren Gartenmöbel im Garten hin und her zu tragen. „Aber Monique" seufzte Joshua, „bleib doch bitte sitzen, du bist doch schon total fertig" Doch Monique kümmerte dies wenig. Hin und her und her und hin trug sie den Sessel bis sie absolut entkräftet ein kurzes schwaches „Komm" hauchte und Joshua an der Hand nahm. Das war in den letzten Tagen das Zeichen gewesen, dass Monique so schnell als möglich in ihr Bett wollte. Joshua führte seine Monique noch kurz zum Wechseln der Windel und bettete sie dann in ihr Bett in dem Monique innerhalb kürzester Zeit einschlief. Joshua hielt ihr dabei, wie jeden Abend, die Hand und wartete bis sie eingeschlafen war, dann schlich er sich aus dem Schlafzimmer, lies die Tür einen Spalt breit offen und setzte sich tief Luft holend in den Gartenstuhl. Wieder ein Sonntag geschafft dachte er sich und öffnete sich eine Flasche Radler. Am nächsten Tag weckte Joshua seine Monique gegen 11.00 Uhr morgens. Sie hatte wieder fast 14 Stunden durchgeschlafen ohne sich erkennbar bewegt zu haben. Verschlafen blinzelte sie ihren Joshua an der sie mit einem fröhlichen „Guten Morgen mein Schatz" geweckt hatte. „Nun schnell die Windel wechseln und dann einen Kaffee mein Schatz" munterte er seine Monique auf und zog sie mit beiden Händen unter den Schultern aus dem Bett. Dabei sang er fröhlich, „eins zwei drei, sammer scho dabei, vier fünf sechs, sagt die alte Hex. Sieben acht neun geh ma in die Scheun" Er sang dieses kuriose Verslein jedes Mal, wenn er seine Monique trocken machte. Es schien als nähme es von ihm die Spannung, denn eigentlich war er nicht der Typ des Windelwechselns. Zumindest hatte er bis auf ein einziges Mal seine Kinder niemals trocken gemacht.

Die erste Windel

Das eine Mal des Trockenmachens erzählte Monique so oft es dazu Anlass gab jedem der es auch nicht unbedingt wissen wollte. Es war die zweite Tochter Nadine gewesen, der dieses seltene Glück geschehen sollte von Ihrem Vater trocken gelegt zu werden. Monique war an jenem Abend auf einer Mädels Party und Joshua hütete die beiden Kinder die damals schon auf der Welt waren. Nun, Nadine pinkelte in die Windel und kam heulend zu ihrem Papa dem nichts anderes übrigblieb als seines Amtes zu walten. Nadine war wieder frisch und Papa derart gestresst, dass er sich zur Beruhigung ein Bierchen gönnte und kurz darauf auf dem Sofa einschlief. Nadine nahm auf dem damals noch etwas fülligerem Bauch des Papas ihren Sitz ein und plapperte lustig drauf los während Joshua immer tiefer in den Schlaf sank. Deswegen hörte er auch nicht, dass Monique zurück kam und verwundert Nadine auf seinem Bauch sitzend lachen und plappern sah. „Mama" schrie Nadine ganz aufgeregt und sichtlich stolz als sie Monique sah „Mama, Papa hat mir Windel gewechselt. Papa hat mir Windel gewechselt." Dieses Ereignis war so gravierend und einzigartig in der Familie, dass seit mehr als 35 Jahren die Erzählung immer wieder erneut für Lacher und gespielte Vorwürfe an Joshua sorgt. Auch Joshua dachte gerade jetzt immer wieder an diese schöne Episode zurück und meinte augenzwinkernd. „Hat mich der liebe Gott doch noch zum Windelwechsler gemacht."

Das dritte Ereignis

Ja, manchmal dachte auch Joshua an eine höhere Macht, obgleich er eigentlich recht realistisch durchs Leben ging. Die vielen Erlebnisse der letzten Jahre hatten ihn zum Realisten werden lassen. Nur so konnte er die wechselnden Lebensumstände für sich einigermaßen überblicken und verstehen. Und trotzdem kam ihm in den letzten Jahren immer öfter der Gedanke an eine höhere Macht, die ihn zur Pflege eines seiner Angehörigen vorbestimmt hatte. Hätte der gemeinsame Sohn vor mehr als 30 Jahren das damalige Unglück überlebt wäre er mit Sicherheit ein Leben lang auf fremde Hilfe angewiesen gewesen. Die dritte Tochter von Monique und Joshua erlitt vor einigen wenigen Jahren aus dem heiteren Himmel heraus mit nur 28 Jahren einen Stammhirninfarkt an einem Sonntagnachmittag. Zum Glück war ein Notarzt zufällig zugegen und leistete vorbildliche Ersthilfe, sodass der anschließende Krankenhausaufenthalt und die Reha die Gesundheit der Tochter wieder fast gänzlich herstellen konnte. Und nun war seine geliebte Monique aufgrund der Demenzerkrankung zum Pflegefall geworden. Konnte das alles nur Zufall sein haderte Joshua mit seinem Leben oder war es der Wille einer höheren Macht, dass gerade ich einen meiner Liebsten pflegen muss dachte er in den letzten Wochen oft. Beim Sohn ging dieser Kelch an mir vorbei, weil er leider verstorben ist, die Tochter ist Gott sei Dank wieder gesund und nun meine liebe Frau. Beim dritten Mal hat mich das Schicksal endgültig erwischt. So dachte Joshua immer öfter, wenn er wieder mal am Ende seiner Kräfte war und mit sich und der Welt und Gott in Gedanken das Für und Wider dieser immer unerträglicher werdenden Situation auszutarieren versuchte. Lange dauerten diese Phasen jedoch nicht, hatte Joshua doch eine besondere Resilienz für das Leben mitbekommen und so konnte er sich stets ganz schnell wieder fassen und Gefallen an selbst kleinen Dingen wie einer schönen Blume, einem Schmetterling oder sonst einem für viele vielleicht unscheinbar scheinenden Momentum finden.

Geburtstag und schöne Tage

Die Tage wurden langsam wieder kürzer und Monique musste bei ihrem Hausarzt zur regelmäßigen Untersuchung vorstellig werden. Joshua begleitete sie wie immer bei den letzten Besuchen und bei der Besprechung mit der Ärztin konnten keinerlei körperliche Unregelmäßigkeiten festgestellt werden. Sicher, Monique war mit knapp 40 Kilo Lebensgewicht untergewichtig aber da dies ja bereits seit einigen Jahren immer zwischen 37 und 40 Kilo schwankte, gab es keinen Grund zur Beunruhigung zumal sie sich dieses Mal eher im oberen Drittel der Skala der letzten Jahre befand. Die Demenz jedoch hatte sich laut Ärztin merklich verändert sodass ein Gespräch mit ihr und Monique eigentlich nicht mehr möglich war. Wie immer bei diesen Besuchen erkundigte sich Joshua nach dem weiteren Verlauf der Krankheit und was er ggf. unternehmen müsse um die Pflege zu gewährleisten. Doch Seitens der Ärztin war alle soweit in Ordnung, es würde halt jetzt merklich mit den geistigen Fähigkeiten nachlassen aber ansonsten gäbe es keinen Grund zur Beunruhigung. Erleichtert ob dieser Diagnose verabschiedete sich Joshua und brachte seine Monique wieder nach Hause. Dort begann diese sofort und inständig mit dem Verräumen der Gartenmöbel im gesamten Garten bis sie vor Erschöpfung auf einem Stuhl Platz nahm und Joshua sie an diesem Tag bereits um19.00 Uhr in ihr Bett brachte. Komisch dachte sich Joshua, Moni geht immer früher ins Bett, was das wohl bedeutet?

Bald stand Moniques sechzigster Geburtstag an. Der musste natürlich groß gefeiert werden. Zumindest wäre das früher so gewesen. Doch in den letzten Jahren wurden die Gäste immer weniger, sodass es sich nicht mehr rentierte eine Feier auszurichten. Trotzdem wollte Joshua seiner Monique eine Freude bereiten und so plante er, mit ihr noch einmal all die Plätze in Bayern zu besuchen, an denen er in den letzten Jahren mit

Ihr so schöne und aufregende Stunden, Tage und Nächte erlebt hatte. Doch alleine wollte er mit Monique die Strapazen der Reise nicht unternehmen. So engagierte er kurzerhand eine Freundin Namens Christa aus früheren Jahren, deren Mann im Frühjahr überraschend verstorben war. Anfangs noch zögerlich sagte diese Freundin zu und so fuhr Joshua mit seiner Monique und Christa zusammen nach Oberbayern um einige Tage unbeschwert Urlaub zu machen. Der erste Urlaubstag führte zusammen mit der mittlerweile dazugesellten jüngsten Tochter von Joshua und Monique zuerst an den Königssee in Berchtesgaden. Dieser Ort war für Monique früher fester Programmpunkt, wenn sie mit Ihrem Joshua dort Urlaub machte. Mit dem Rollstuhl schob Joshua seine Monique den steilen Berg zum besten Aussichtspunkt über den Königssee hinauf und führte sie dann an der Hand an die Brüstung. Monique schaute mit leuchtenden Augen auf das bläulich schimmernde Wasser des Sees mit dem Gebirgszug des Watzmann in der Ferne. Die ganze Zeit sagte sie keinen Mucks, sie schaute nur und es schien als ob es in den Augen leicht schimmerte. Wieder unten angekommen versorgte Christa Monique in der Toilette und dann ging es auch schon weiter zu Joshuas Lieblingsplatz. Die kleine St. Sebastian Pfarrkirche in Ramsau. Von einer in einiger Entfernung über die Ramsauer Ache geführte Brücke kann man dieses Kleinod als wunderbares Postkartemotiv erkennen. Schon unzählige Male hatte Joshua dieses Kirchlein mit seiner Monique besucht und die wunderbare alte Verzierung der schönen Kirche im Inneren bewundert. Doch heute schien dieser Weg aussichtslos zu sein. Monique war seit Morgen unterwegs und schien immer müder zu werden. Da reichte es nur noch eine kurze Autofahrt in den Zauberwald und dort einige wenige Meter zu einer kleinen Einkehr. Die Fahrt zurück in die Pension verschlief Monique. Selig schlummerte sie auf der

Rückbank die fast 2 Stunden während der Fahrt vor sich hin. Manchmal verzog sie ihr mittlerweile sehr schmal gewordenes Gesicht zu einem milden Lächeln oder war es eher ein Grinsen. Was träumte sie wohl in diesen Minuten? Konnte Monique noch träumen mit dieser schweren Erkrankung? Niemand wusste es und trotzdem erkannten alle im Auto dieses Lächeln und freuten sich unbändig darüber. Zurück in der Pension erwachte Monique wie auf Befehl und begann sogleich die Gartenmöbel zu verräumen. Irgendetwas befahl ihr scheinbar dies immer und immer wieder zu tun. Ganz gleich wo sie sich mit Joshua befand. Stühle mussten immer dran glauben verräumt zu werden. Gegen 21.00 brachte Joshua seine Monique an diesem ersten Urlaubstag zu Bett und Monique verfiel sofort in einen tiefen festen Schlaf, obwohl es ihr eigentlich immer unangenehm war die ersten Nächte in einem fremden Bett zu verbringen. Nun war es anders geworden. Am nächsten Tag, Joshua war schon seit ein paar Stunden aufgestanden, schlief Monique gegen 11.00 Uhr immer noch tief und fest. Immer wieder schaute Joshua durch einen Spalt der Schlafzimmertüre ob seine Monique schon wach sei. In den letzten Stunden schlich er sich ans Bett und horchte ob seine liebe Frau noch atmete, er machte sich immer öfter Sorgen darum, dass Monique eines Nachts einfach still für immer einschlief. Irgendetwas beunruhigte ihn in den letzten Wochen. Seine Monique wurde schwächer und schwächer und die Schlafperioden dauerten zunehmend länger. Da half es ihm auch nichts, dass sowohl die Hausärztin von Monique noch die Leiterin der Tagespflege Monique eine noch stabile körperliche Verfassung attestierten und wenn überhaupt dann in frühestens ein paar Jahren mit einem körperlichen Zerfall zu rechnen sei. Joshua sorgte sich um seine Monique zusehend mehr und forschte im Internet nach allen möglichen Veränderungen die eine Demenzerkrankung ebenso mit sich bringen. Die nächsten Tage des lang ersehnten Urlaubs waren leider – wie so oft in Oberbayern im Spätsommer – von schlechtem Wetter bestimmt. Da waren Ausflüge in die Berge mit Monique aufgrund der Erkrankung leider nicht mehr möglich. So stand ein Besuch bei der berühmten Windbeutelgräfin auf dem Programm. Doch wie so oft im Leben kommt ein Unding zum anderen und die Windbeutelgräfin hatte geschlossen. Nun ein ausgedehnter Spaziergang an der Ache in Ruhpolding entlang tat es da auch und danach, so versprach es Joshua, würde er für alle seinen berühmten Kaiserschmarrn in der Ferienwohnung backen. Der Spaziergang verging wie im Fluge für die Wanderer, nur Monique tat sich etwas schwer dabei. Saß sie doch die ganze Zeit im Rollstuhl und schaute recht missmutig in die Ferne ohne ein besonderes Ziel im Blick zu haben. Es schien ihr nicht gut zu gehen und so setzte die kleine Gruppe zum Rückweg an. Daheim in der Ferienwohnung angekommen, buk

Joshua seinen berühmten Kaiserschmarrn und alle Anwesenden verzehrten diesen mit großem Appetit, denn nach einer ausgedehnten Wanderung bei relativ niederen Temperaturen ist so ein Kaiserschmarrn das beste aller Mittel gegen aufkommendes Trübsal. Monique schob derweil wieder ihre Stühle und war irgendwie missmutig oder gar traurig. Irgendetwas schien sie zu bedrücken. Nur als Joshua sie in den Arm nahm, ihr zärtlich über ihr Gesicht strich und sie ebenso zärtlich küsste schien sie etwas fröhlicher zu werden. Überhaupt war sie in den letzten Wochen und Tagen immer anhänglicher zu Joshua geworden. Es schien fast als wollte sie ihn festhalten wollen. Abends, wenn Joshua sie zu Bett brachte hielt sie seine Hand bis sie einschlief. Wenn Joshua manchmal vor ihrem Einschlafen das Zimmer verlies bat sie flehentlich darum die Türe offen zu lassen damit sie höre wo er sei. Da brachte es Joshua meist nicht übers Herz zu gehen und setzte sich an die Bettkante bis seine Monique selig schlief.

Die wenigen, insgesamt nur drei, Urlaubstage vergingen wie im Flug und schon heiß es wieder Abschied nehmen und heim zu fahren. Joshua setzte Christa, seine Pflegebegleiterin bei ihr zuhause ab und fuhr mit Monique die letzten Kilometer heimwärts zu ihrer Wohnung. Monique war während der Fahrt wieder eingedöst und erwachte blinzelnd kurz vor der Ankunft. Verwundert schaute sie Joshua an und wollte von ihm wissen wo sie denn mit ihm, ihrem Pfleger nun sei. „Ach geht das schon wieder los" dachte sich Joshua und versuchte seiner Monique zu erklären, dass sie beide gerade von einem wunderschönen Urlaub zurückkämen. Doch Monique ließ dies relativ unbeeindruckt. Schmollend schaute sie zum Fenster heraus und murmelte Unverständliches vor sich hin.

Keine innere Ruhe

Zuhause angekommen begann Monique sofort mit ihrer Lieblingsbeschäftigung der letzten Monate. Die Stühle umherschleppen. Schwer atmend hievte sie die schweren Gartenmöbel von einem Ende des Gartens zum anderen Ende ohne die geringste Pause zu machen, währenddessen Joshua die Koffer in die Wohnung trug und sogleich auspackte. Kurz in der Wohnung bemerkte es Joshua zu spät, dass seine Monique schon wieder auf Wanderschaft gegangen war. Laut nach ihr rufend rannte er erst die linke Seite der Straße entlang um dann die rechte Seite ins Visier zu nehmen. Bei einer nahen Seitenstraße entdeckte er Monique. Sie war schnurstracks unterwegs bis sie Joshua endlich einholte. Mit viel Mühe und Beruhigung gelang es ihm nach einer ganzen Weile Monique zum Umkehren zu bewegen und so liefen sie dann Beide Hand in Hand Richtung ihrer Wohnung, Dort angekommen setzte Joshua Monique in einen Gartenstuhl und brachte ihr etwas zu trinken, denn sie war ziemlich am Ende ihrer Kräfte und atmete auffallend schwer, nein, sie hechelte fast nach Luft.

Die nächsten Tage verliefen wie immer. Joshua weckte seine Monique gegen 10.00 Uhr, brachte sie ins Bad um die Windel zu wechseln und um die Morgenwäsche zu erledigen und setzte dann Monique auf das Sofa damit sie ihre Lieblingssendung Hubert & Staller im Fernsehen anschauen konnte. Gegen 12.00 Uhr richtete er sie um sie dann in die Tagespflege zu bringen. Dort bemerkte Joshua, dass Monique immer öfter bettelte er möge sie doch abends ganz sicher abholen. Es schien fast so, als hätte sie panische Angst allein in der Tagespflege bleiben zu müssen. Besorgt fragte Joshua die diensthabende Pflegekraft ob dieses Verhalten irgendetwas zu bedeuten hätte, doch diese beruhigte Joshua und meinte nur, dass dieses Verhalten bei Demenzkranken eine ganz normale Reaktion an manchen Tagen sei. Während dieses Gespräch kam Joshua auch auf den

Allgemeinzustand seiner Monique zu spre-
chen und äußerte die Besorgnis das es seiner
Frau immer schlechter ginge und er Angst
um ein frühes Ableben seiner Monique habe.
Doch die Pflegekraft beruhigte Joshua wie
immer und sagte noch ein langes Leben für
Monique voraus, sicherlich sei Monique
mental schwer beeinträchtigt aber körperlich
ganz fit, denn sie laufe ja den ganzen Tag
und zeige nur ganz selten Ermüdungser-
scheinungen. So beruhigt nahm Joshua seine
Monique an die Hand und verabschiedete
sich bis zum folgenden Montag, der alles andere als schön werden sollte.

Es war erst Mittwoch gewesen und Besuch
hatte sich angesagt. Christa, die Pflegerin
war mit Ihrer Tochter dessen Ehemann und
dem kleinen Sohn für ein paar Tage zu Monique und Joshua gefahren. Die kurze Zeit
nutzten sie alle gemeinsam um den nahen
gelegenen Tierpark zu besuchen. An diesem
Tag und dem darauffolgenden Freitag war
Monique auffallend müde. Sie ließ sich

bereitwillig den gesamten Weg im Rollstuhl fahren. Selbst bei den beiden Bären blieb sie sitzen und döste fast teilnahmslos vor sich hin. Sicher ist ihr der Besuch und der ganze Trubel zu viel beruhigte sich Joshua selbst und Christa tat alles um es Moni so angenehm wie möglich zu machen. Sie ging mit ihr zur Toilette um die Windel zu wechseln und gab ihr schluckweise aus der eigens mitgebrachten Schnabeltasse zu trinken. Doch Monique blieb an diesem und dem folgenden Tag auffallend ruhig und in sich gekehrt. Erst am Samstag, als sich der Besuch verabschiedete kehrte das Leben in sie zurück. Aufgeregt stand sie an diesem Tag alleine auf und kam in die Küche wo alle anderen schon zum Frühstück versammelt waren. Sie plapperte drauf los und unterhielt sich mit dem Enkel von Christa über ihren Plüschbären den sie in den Händen hielt. Fast hatte sie vergessen, dass die Windel noch nicht gewechselt war und so nahm sie Joshua an die Hand und zog ihn ins Bad.

247

Joshua und alle anderen wunderten sich über Moniques Verhalten, war sie doch die letzten beiden Tage still und ehr traurig und jetzt aufgeregt und lachend. Na, da geht's meinem Schatz ja heute gut dachte sich Joshua und freute sich inständig. Wenn es seiner Monique gut ging war für ihn in den letzten Jahren alles in Ordnung. Nach dem Frühstück machten sich Christa und Ihre Familie so langsam reisefertig und kurz darauf hieß es auch schon Abschied nehmen. Monique nahm jeden einzelnen in den Arm und verabschiedete sich überschwänglich. Nachdem sich auch Joshua verabschiedet hatte ging es los. Lange winkend schaute Monique dem fahrenden Auto hinterher mit einem fröhlichen Grinsen im Gesicht. Es schien fast, als würde sie sich für immer verabschieden.

Am Sonntagmorgen war Monique wieder wie fast immer in den letzten Monaten in sich gekehrt und stand erst gegen 11.00 Uhr auf. Auf das übliche Prozedere folgte dieses Mal kein Fernsehen. Monique wollte in die

Küche und bei Joshua sein. Der richtete das Mittagessen, denn Elena, Monique Pflegerin hatte sich zum Essen angemeldet. Monique saß im Sessel, den Joshua extra für sie in die Küche gestellt hatte, damit sie es so bequem wie möglich haben konnte und stützte beide Arme auf den Knien ab. Dabei verzog sie das Gesicht zu einem fast schon schnippischen Grinsen. So saß sie eine ganze Weile und immer wieder schien es als wäre sie über irgendetwas außergewöhnlich froh. Joshua gefiel dieses Gesicht so gut, dass er es unbedingt fotografieren wollte. Er zückte sein Mobilphone und machte ein paar Bilder von Monique mit diesem auffallendem „Gutelaunegesicht". „Was sie heute wohl denkt" grübelte Joshua. „So fröhlich hat sie doch die letzten Monate nicht einen Tag geschaut. Sie lachte und grinste aber dieser Blick in sich gekehrt mit diesem zufriedenen Grinsen, da hatte sie noch nie."

Elena kam und freute sich über Joshuas Kochkünste. Gemeinsam aßen sie zu Mittag

Auch Monique hatte mal wieder richtigen Appetit und ließ sich sichtlich hungrig von Elena die eigens für sie gekochte Brokkoli Suppe füttern. Danach ging es ans Duschen, welches Monique auch mit sichtlicher Freude über sich ergehen ließ. Nach dem Duschen machten sich Monique und Elena auf zu dem üblicherweise darauffolgenden Spaziergang. Das hieß, Elena schob Monique im Rollstuhl spazieren und hin und wieder ging Monique auch ein paar Schritte alleine. Doch so fröhlich Monique auch war, so schwach wurde sie auf einmal. Schon nach kurzer Zeit standen beide wieder im Garten, denn es sei heute für Monique viele zu anstrengend wie Elena meinte. Nun, dann trinken wir eben Kaffee miteinander beschied Joshua und beeilte sich Kaffee und Kuchen im Garten zu servieren.

Im weiteren Tagesverlauf war Monique ungewöhnlich aktiv und fast nicht zur Ruhe zu bringen obgleich sie körperlich immer schwächer wurde.

Am nächsten Morgen weckte Joshua seine Monique wie immer gegen 11.00 Uhr und wollte ihr, wie jeden Morgen, beim Aufstehen behilflich sein. Doch Monique hatte scheinbar über Nacht alle Kräfte verloren. Unter den Achseln hebend führte Joshua Monique in die Toilette um ihr die Windeln zu wechseln. Nur mit Mühe konnte sich Monique auf den Beinen halten und nur mit noch mehr Mühe gelang es ihr, auf dem Sofa Platz zu nehmen. Nach einiger Zeit schien es ihr wieder besser zu gehen, denn sie stand allein auf und ging in die Küche. Dort wartete schon Joshua um sie für die tägliche Fahrt in das Pflegeheim zur Tagespflege zu richten. Es war sehr warm an diesen Tagen und so verzichteten die beiden auf Straßenschuhe und Jacke und Joshua fuhr Monique wie immer ins Pflegeheim. Dort angekommen ging es Monique wieder schlechter und vorsorglich betteten sie die Pflegekräfte auf ein Pflegebett. Dies sollte der letzte Tag von Moniques Besuch in der Tagespflege sein.

Abends, als Joshua seine Monique wie immer abholen wollte, kam sofort eine Pflegerin und erzählte Joshua, dass Monique den ganzen Tag im Bett lag und kaum aß oder trank. Die Vitalwerte wären in Ordnung, nur so eine allgemeine Schwäche sei eben den ganzen Tag vorhanden gewesen. Mit Unterstützung der Pflegerin brachte Joshua seine Monique in das Auto und fuhr sie die wenigen Kilometer nach Hause, wo er sie sofort in ihr Bett legte. Dort schlief Monique sofort ein und erwachte erst wieder am nächsten Morgen wie immer gegen 10.00 Uhr. Aufgefallen war nur, dass sie sich in der Nacht derart im Bett gedreht hatte, dass ihr Kopf im Bett von Joshua lag und die Füße auf ihrem Nachttischchen. Als hätte sie die Nähe zu Joshua gesucht. Seit Monaten hatte sich Monique nicht mehr derart im Bett gedreht.

Abschied für immer

Es war nun Dienstagmorgen und Joshua bestellte vorsorglich die Hausärztin zur Visite in seine Wohnung. Die kam auch sogleich und attestierte Monique normale Vitalwerte und machte sonst keine Aussagen die eine besondere Beunruhigung gerechtfertigt hätten.

Joshua hatte Moniques Pflegebett mittlerweile mit dem Nachbarn in das Wohnzimmer gestellt. Dort brachte er einen großen Wandbehang mit einem wunderschönen Bergmotiv an. Inmitten dieses Motivs hängte er einen Fotoabzug, welcher ihn zusammen mit seiner geliebten Monique zeigte. Auch frische rote Rosen, Moniques Lieblingsblumen hatte er besorgt und stellte sie neben den Luftbefeuchter auf die Kommode. Der Luftbefeuchter war mit einem Licht ausgestattet, welches wunderbare Sterne in die Berglandschaft des Wandbehangs projizierte. Dazu spielte er unablässig eine sanfte beruhigende Melodie. Joshua unternahm alles um es seiner Monique so angenehm wie

möglich zu gestalten. Selbst eine Wechsel-
druckmatratze gegen aufkommende Liege-
druckstellen hatte er kurzerhand bestellt
und Monique zusammen mit der Pflegekraft
Elena darauf gebetet. Seiner Monique sollte
es an nichts fehlen in ihrem jetzigen, bedau-
ernswerten Zustand. Joshua telefonierte mit
all ihren Töchtern und bat sie ihre Mutter zu
besuchen, da diese nach seiner Auffassung
im Sterben lag.

Für Joshua war es eine sehr große Freude,
dass alle Töchter angereist kamen um von
ihrer Mutter Abschied zu nehmen.

Abwechselnd saßen sie nun alle am Bett
von Monique und hielten ihre Hand während sie liebevoll mit ihr redeten. Die Pflege
in diesen Tagen übernahm die bei der gesamten Familie sehr lieb gewonnene Elena.
Mit einer kaum beschreibbaren Leichtigkeit
und Gelassenheit richtete diese Monique
selbst in diesen schweren Stunden immer
wieder aufs Neue, geradeso, als wollte sie

Monique für die letzte Reise besonders hübsch machen.

Doch alles Beten und Hoffen auf Besserung half nichts. Moniques irdische Zeit schien abgelaufen zu sein.

In den nächsten Tagen verweigerte Monique erst das Essen und dann das Trinken. Am Donnerstag konnte sie nicht mehr urinieren und nahm zumindest den Anschein nach, ihre Umwelt nicht mehr wahr.

Mittlerweile war es Sonntag geworden. Monique lag wie seit Tagen nahezu regungslos im Bett und blickte mit nur noch ganz wenig geöffneten Augen auf den angebrachten Wandvorhang. Es schien fast, als würde sie etwas den Mund zu einem Lächeln verziehen. Der Sonntag verging und drei der vier Töchter reisten wieder ab, da ja am Montag die Arbeit wieder begonnen werden musste. Nur die jüngste Tochter blieb. Gegen 23.00 Uhr abends schaute Joshua wieder nach seiner Monique. Wie seit Tagen lag diese im Bett und schien ruhig zu schlafen.

Der Atem rasselte wie seit einigen Stunden hörbar, jedoch schien es Monique keinerlei Probleme zu bereiten.

Joshua kehrte in die Küche zurück, in der die jüngste Tochter zusammen mit Elena ein Gläschen Likör zur Beruhigung der angespannten Nerven trank. Kaum saß Joshua am Tisch, stand er auch schon wieder auf um noch einmal nach seiner Monique zu sehen wie er etwas unruhig sagte. Nach einem kurzen Augenblick kehrte er in die Küche zurück und verkündigte mit Tränen in den Augen, dass Monique jetzt im Himmel sei. Ganz still lag Monique jetzt in ihrem Pflegebett mit einem wunderschönen vollkommen entspanntem lieblichen Gesichtsausdruck. Joshua nahm einer der roten Rosen und legte diese seiner geliebten Monique in die von ihm gefalteten Hände. Er küsste die große Liebe seines Lebens ein letztes Mal innig auf den Mund bevor er mit den Händen für immer ihre noch etwas offenstehenden Augen schloss. Danach verabschiedeten sich

Christiane, die jüngste Tochter und Elena, die Pflegerin, jede auf ihre ganz persönliche Weise von Monique.

Monique war verstorben. Genau einen Monat nach ihrem sechzigsten Geburtstag.

***

Nachwort

Monique wurde Mitte September einge-
äschert und beigesetzt. Ihre sterblichen
Überreste ruhen in einem Kolumbarium im
Friedhof ihres Geburtsortes. Joshua wollte
seiner Monique diesen letzten Wunsch –
wieder zu Hause zu sein – unbedingt erfül-
len. Dank der Zustimmung von Moniques
Schwestern konnte sie deswegen im Urnen-
grab ihres erst kurz vorher verstorbenen Vaters ihre letzte Ruhe finden.

Monique fehlt sehr, aber immer mehr
überwuchern die schönen Erinnerungen an
das gemeinsame Leben die traurigen Momente die der Abschied an einen geliebten
Menschen immer wieder aufblitzen lässt.
Monique wird in ihren Herzen niemals vergessen sein.

Das Leben geht aber weiter. Die Zukunft
zwingt die Trauernden wie alle anderen
auch weiter zu leben, auch wenn es zuweilen
schwerfällt. Schöne Momente werden

wieder die Oberhand gewinnen. Die Dunkelheit wird durch das Sonnenlicht des kommenden Frühjahrs überstrahlt werden. Die Liebe wird über die Einsamkeit siegen und die Hoffnung die Hoffnungslosigkeit vertreiben.

Das Leben geht weiter – deswegen strebt stets danach immer wieder aufs Neue glücklich zu sein.

Dezember 2024   Herbert Lorenz